微笑向暖，安之若素

THE POWER OF STILLNESS

积雪草 —— 著

華中科技大學出版社
http://www.hustp.com

图书在版编目(CIP)数据

微笑向暖，安之若素 / 积雪草 著. —武汉：华中科技大学出版社，2017.1（2018.2重印）

ISBN 978-7-5680-2378-8

Ⅰ. ①微…　Ⅱ. ①积…　Ⅲ. ①随笔—作品集—中国—当代　Ⅳ. ①I267.1

中国版本图书馆CIP数据核字（2016）第278261号

微笑向暖，安之若素

Weixiao Xiangnuan，Anzhi ruosu

积雪草　著

策划编辑：娄志敏
责任编辑：沈敏苏
封面设计：三开三色 QQ：2278149987
责任校对：曾　婷
责任监印：朱　玢
出版发行：华中科技大学出版社（中国·武汉）　电话：（027）81321913
武汉市东湖新技术开发区华工科技园　邮编：430223
印　　刷：武汉精一佳印刷有限公司
开　　本：880mm×1230mm　1/32
印　　张：8
字　　数：170千字
版　　次：2018年2月第1版第4次印刷
定　　价：36.00元

微笑向暖，安之若素。

你若盛开，清风自来。

岁月如飞刀，

刀刀催人老，

我们就这样被动老去。

与其坐在那里挨刀，

倒不如主动争取，

与自己联手，

打败时间。

人可以老，

但心却永远年轻。

让每一颗不安的心，

都停泊在一个温暖的地方。

逆境中不乱方寸，

困境中仍能做到热爱。

永远保持，

对美好事物的清醒认知。

最让人疲惫的，

不是山高水长，路途遥远，

而是心中无法释怀的苦闷，

是你心中背负着永远的昨天行走在路上。

人生是一杯茶，

苦一阵子，

但不会苦一辈子。

从最坏的结果里看到最好的希望，

原谅生活带给我们的不美好，

与生活和解，与自己和解。

你若热爱，生活哪里都可爱。

前　言

枯荣勿念，安之若素

小时候，跟着舅妈去她父亲家里玩。七拐八绕的，误入迷宫一样，最后拐进一个深深的巷子，探身进入一个小院。小院虽小，里面却是别有洞天，花鸟鱼虫，井然有序。最惹眼的是院中养的一缸荷花，荷花早已谢了，荷叶也已枯萎，在水缸里映出一个萧瑟的倒影。这一缸破败的荷，看得人心中生出凄惶，但主人却舍不得薅掉，依旧当宝贝一般养在缸中。

舅姥爷是一个和善的老头儿，他看我围着那缸残荷绕圈，若有所思的样子，笑眯眯地说："傻孩子，这荷虽然破败了，凋落了，却是败有败的好，败有败的韵味，再说花儿谢了，明年还会再开啊！"

那时候我不懂得这个道理，看到盛开就欢欣，看到凋谢就颓败，好多年后才明白，花开花落，自有其时，枯荣都是过程而已。

记得那时，在舅姥爷家还看过一个京剧名角的照片，虽然是黑白的，仍能看得出，照片中的人妆容精致，身段袅娜，长长的水袖甩开去，眉梢眼角都是戏，那种风情犹如静水照花。

那一组照片有好几张，后面几张，照片中的人渐渐老了，黑白的照片有些泛黄，虽然红唇依旧，但那身段，那眉梢，那眼角，都不如从前娇媚了，依稀有了霜华的印迹，只有唇边嘴角的那一抹笑容，还一如从前那般灿烂。

这世界，总是不能在最美最繁华的时间定格，想来真是一种遗憾！想要做到枯荣勿念，安之若素，还真不是一件容易的事情。

守着一缸的残荷，守着流逝的岁月，仍能不骄不躁的日子，早已恍如隔世。如今，我们生活在一个喧嚣不安的世界里，到处都能看到流动的欲望和诱惑。有的人成功了，鲜衣怒马，烈火烹油；有的人失败了，焦虑抑郁，垂头丧气。更多的人是处在成功与失败的夹缝中，没有委顿，也没有得意，更多的是无奈，在疲惫的生活中随波逐流。

世人求取功名，趋利避害，原也无可厚非，这些都是向外的，是向外扩张，而很少有人能关注自身、自心，向内观照。

人生不过是一场悲喜交织的戏。锣鼓一响，大戏开场，演戏的人咿咿呀呀，尽情投入，把个花开花落演绎得淋漓尽致；看戏的人痴痴艾艾，欢喜忧伤，兀自不知是戏。曲终人散，各自回家，抬头见一弯新月，清淡如水，方才醒悟，原来人生不过是时间长河里的一瞬，像看了一场戏，转眼落幕……

人生不过是一场寂寞的旅行。年轻时血气方刚，人生凭的是勇气，而不是经验，浓墨重彩，指点江山，随性恣意；年纪大一点，半是清醒半是梦，一呼一吸，一张一弛，云淡风轻；活到一定年纪，终于懂得了一个道理，人生在世，无非是一箪食、一瓢饮、一豆羹……

悲喜是一种心情，枯荣是一种过程，会到来，也会离去。就像那缸荷花，会盛开，也会凋败；就像那张容颜，会年轻，也会老去。没有什么是永远不变的，能以一颗平常之心相待，才见火候和功力。任花开花谢，宠辱不惊，自在安好。

枯也好，荣也罢，都是生命的一种状态。譬如得与失，仅仅只是一个念头的转换，实在不值得大惊小怪。大开大合、大起大落，都是人生的修行。在不安的世界里，且淡然自守，枯荣勿念，安之若素，活成一朵清净安宁的荷花。

目　录

第一章

你现在过的是你想要的生活吗?

第二章
我们都一样，走过孤独和彷徨

第三章

还是要相信爱，还是要热爱

第四章

喜欢的一切都近在咫尺

第五章

在不安的世界里，安之若素

第一章 / 你现在过的是你想要的生活吗？

做你喜欢的自己，过自己想要的生活。你无须讨好世界，只需取悦自己。

手艺人的故事

在琐碎生活中，修篱种菊，给自己一方天地，煮一壶茶，种一株草，养一朵花，对一轮月，做一件自己喜欢的事，坦然安宁。

某日，在网络上闲逛，偶然闯进一家淘宝小店，小店是做瓷器生意的，茶盅，茶碗，茶壶，各种碗盘、花瓶，形状各异，晶莹剔透，精美绝伦，当真是“白如玉，明如镜，薄如纸，声如磬”。

“声”自然是听不到的，但是那一幅幅精美的图片，配以诗一般美丽的文字说明，足够让人心动不已。仿佛伸出一只手指，轻轻叩击几下，那瓷器便会发出磬一般的回响，琅琅回声，不绝于耳，清脆如滴水之声，如音乐一般美妙。

小店里偶尔有新货，但极少，来来去去都是那几款，胎瓷薄如蝉翼，轻如纱绸，白如蛋清。有一款肚子奇大、收口奇小的青花瓷瓶，肚与嘴之间没有过渡，直接跳跃过去，上面是人工手绘的荷花图案，荷叶卷曲，仿佛迎风般招展。花朵媚而不妖，艳而不俗。我屏息看着图片，不敢大声咳嗽，生怕一不小心出了声音，就破坏了那份宁静与美好。

我对自己发出一声轻轻的叹息：太美了！除此，便手足无措，不知道该用什么样的词句才能形容那份美。

从来没有跟那个店主说过话，只知道店主是一个年轻的男孩，是在别人的留言与他的对答中看到的，那些瓷器都是他自己家的窑烧制的。

他很少与人交流，也不在意别人的好评或差评，仿佛只为守护那些瓷器而生。对于懂得的人，不需要解释；至于不懂得的人，解释也没有用。在与瓷器的静静相对中，仿佛身边的人和事都与他无关，什么卖多卖少，什么好评差评，都无关紧要。任身边纷纷扰扰，而他仿佛活在时光之外。

有人跟他索要微博或微信的地址，似乎在淘宝小店里流连还不能尽兴，一定要去他的博客或微博里踩踩。他淡淡地说："我没有博客，也没有微博，没有时间去弄那些事。"别人说："你开博客或微博，多发些照片，人气一定会很旺，一定会很红，而且也可能多卖掉几件瓷器，多一些人知道，多一些收入。"

他似乎不愿意讨论这个话题，淡淡地回："我想做的是陶瓷艺术，是想把爷爷烧瓷的手艺传承下去，而不是去做一个生意人，做一些千篇一律的瓶瓶罐罐，所以多卖少卖几件瓷器都无所谓，能够货卖识家就已经很幸运了，一件瓷器最终能待在惜它爱它的人手里，就已经很好了，最重要的是，烧瓷的手艺不能到我这一辈断了线。"

他话语不多，但掷地有声，态度坚定，笃信自己的选择。生活在当今这个大时代，特别是在网络上，谁能独自活在自己的世界里？谁能安安静静地做着一件自己想做的事情而不被打扰和诱惑？那需要怎样的定力和信念？

在喧嚣的时代，特别是在网络上，语不惊人死不休。只有你想不到的，没有做不到的，只为招人眼球，只为博得出位。情感在倾斜，理性在倾斜，判断力在丧失，脚后跟都站不稳，尚且能守得住自己的一方天地的人，是不是网络时代的一大怪咖？

甘于平凡、认同平凡的人很少，每个人都在争先恐后地力争上游，那个谁一不留神成了名人，那个谁一不小心成了土豪，那个谁一不小心买了价值几千万的别墅。如今，价值观在倾斜，冲击着每一个人，你还有心情躲在角落里埋头做学问，做研究？被时代左右着的人很多，被身边的人左右着的人也不少，于是心态倾斜了，定力倾斜了，做了许多不该做的事情，说了许多不该说的话。当然，也有人狠不下心来做不该做的事，可是又不甘心眼巴巴地看着别人飞黄腾达、出人头地，于是焦虑了，抑郁了，愤怒了。

平凡，其实没有什么不好。守住真我，**在琐碎生活中，修篱种菊，给自己一方天地，煮一壶茶，种一株草，养一朵花，对一轮月，做一件自己喜欢的事，坦然安宁。**在喧嚣中守住自我，不被外界所左右，也不是一件容易的事。像那个开淘宝小店、做瓷器的手艺人一样，心安理得地做着自己想做的事，不被外界所左右，未尝不是一种幸福的选择。

丢弃旧物，就是改变的开始

生活中总会遇到这样或那样的事，总会遇到这样或那样的人，学会有选择地保留，学会有选择地记忆，学会有选择地丢弃，是一种生活的智慧。

很多人都有恋旧的习惯，舍不得丢掉旧物，用过的东西，无论是有形的还是无形的，无论是有用的还是没用的，都会以各种形式堆积在有限的空间里，舍不得丢弃，天长日久，随着时间的推移，会越来越多，终于堵住了人生的去路。

美国作家盖尔·布兰克有一本书，叫《丢掉50样东西，找回一百分人生》，这本书教我们如何清理旧物，如何清理人生，什么东西该丢掉，什么东西能存下，打破固有的生活模式和习惯性的思维，找回全新的生活和体验。

感触最深的就是清理电脑，如果电脑运行很长一段时间不清理垃圾，不删除没有用的旧程序和旧文件，电脑的运行速度自然而然会减缓，日积月累，没有用的东西积存得越多，电脑的速度会越慢，最终会像老牛拉破车一样，哪怕最简单的开机，也会让你等上很长的时间，让你生出一种花儿都要谢了的错觉。

人生也是一样，生活会遗留给我们各种各样的垃圾旧物和残骸，堵在人生的路口上，让我们看不清要去的路途，让生活这一场旅行，变得沉重和迷惘。

丢不掉旧物，就不能找到生活的出口。我们常常会发现，打开抽屉，里面有很多旧东西，小时候玩过的玩具，某次旅行的机票，只剩下一只的耳环，甚至不利环保的旧电池。打开衣柜，有许多过季的衣服，瘦了或者小了，许久不穿，仍旧舍不得丢掉。打开鞋柜，有许多款式落伍的旧鞋，甚至坏掉的鞋子。许多的旧物，充斥在有限的空间里，堵住了我们的生活，买了新的东西，都没有地方搁置。

丢不掉自尊，就不能承认自己的错误。很多人会把自尊架空在至高无上的位置，无论做错什么事情，都不肯丢掉自尊，承认自己的错误。自尊本身没有什么错，可是盲目的自尊就演变成一种骄傲，这种骄傲会伤害别人，也会伤害自己。适度弯曲是一种智慧，也是生活中的一种哲学，毕竟谁都不是圣人，谁都会犯错，放下自尊，适度弯曲，在心灵上种下一棵幽兰，哪怕无人来欣赏，也会独自芬芳。

丢不掉旧情，就不能开始全新的生活。有人说，记忆是一只箱子，里面装满了各种回忆。生活中，我们常常想起某段旧情，比如暗恋，比如初恋，比如热恋，那些曾经与我们有过一段情感交集的人，会一直停留在我们的记忆深处。其中某一段让我们刻骨铭心的旧情，甚至阻碍了我们新的选择和新的生活。

丢不掉幻想，就不能投入实际的行动。很多人都喜欢幻想，幻想也能产生创造力，可是如果一味地沉浸在幻想之中，不投入实际行动，那么幻想就变成了不切实际的空想，而一个空想者最终将会一事无成。丢掉一味的幻想，别把生活架空在幻想中，从一点一滴的小事情着手，比不切实际的幻想来得真实和快乐。

丢不掉恩怨，就不能找到真实的幸福。恩恩怨怨，大起大落的人生，都是生活中永恒的主题。有些人，像奴隶一样，一生都背负着恩怨的十字架，哪怕累弯了腰，伤透了心，也不会停止这种负累。一个人，生活在这个世界上，总会有恩怨纠结，因为有人的地方，就会有江湖，就会有恩怨。唯有放下恩怨纷争，内心才会宁静恬淡，才会从容幸福。

生活中总会遇到这样或那样的事，总会遇到这样或那样的人，学会有选择地保留，学会有选择地记忆，学会有选择地丢弃，是一种生活的智慧。

生活会给我们制造出一些意外或惊喜，也会给我们制造出一些垃圾和残骸，我们想要的不是意外，也不是残骸，我们想要的不过是安静的生活，没有负重的生活。

如果想要掌控自己的人生，不再让生活随意摆布你，就必须学会舍弃和丢掉，丢掉那些有形和没形的旧物和杂物，释放生活和心灵的空间，以便让我们更好地轻装前进。

丢掉生活的残骸，存留生活的真谛。

要么孤独，要么庸俗

大孤独是灵魂深处的一种自我对话，别人轻易触及不到，也无法了解，只有真正孤独的时候，才会面对自己，审视自己，聆听自己。

古人造字，很有些意思，“孤独”这两个字，从字面上看，“孤”字是一个离了瓜秧藤蔓的孩子，而“独”字是一只被关在笼中的野兽，用作家毕淑敏的话说，“孤独”这两个字是有兽性的。

能够驾驭“孤独”的人或动物，一定是自己的王者。那些弱小的生物从来都是成群结队，抱团取暖，过群居生活，像蚂蚁、羊群等等；那些王者从来都是特立独行，独来独往，像老虎、雄鹰等等。

孤独分两种，一种是小孤独，是看得见摸得着的那种。另一种我姑且叫它大孤独，是骨子里的，与生俱来，是灵魂深处的一种对事物的执拗认知。

孤独绝非寂寞，寂寞可以排遣，可以化解，就像春风化雨，有意无意地找一些事情做，自然而然就可以把寂寞赶走。放下手中的事情，一个人去旅行，或者和朋友们一起聊聊天，喝点小酒，饮点好茶，都是不错的排解方式。而孤独不同，那是如影随形的一种特质，那是走在熙熙攘攘的人群之中，是端坐在杯盘交错的宴席上，仍能感觉到的灵魂深处的一种声音。是静水深流，花落有声。

孤独不是伤感，伤感是情绪的外延，可以掌控，也可以宣泄，不让伤感的情绪肆意蔓延，灼伤自己，传染给别人。当然，最好的方式还是把伤感的情绪宣泄掉。可以去K歌，可以跳舞，也可以去健身房流汗，或者跑到一个没人的地方高喊几嗓子。而孤独不同，孤独是有内涵的，有层次的，是超越喧嚣之后的宁静和回归。伤感是人人都会有的时刻，而孤独却不可能人人都有。

小孤独在生活中随处可见。年轻时喜欢独自一个人，背着简单的行囊，在一个不知名的小站，随手买一张火车票，挤在一堆陌生的人群里，坐着夜行车去远方。那时候没有手机，也没有平板电脑，更没有微信朋友圈可刷，一个人孤独地蜷缩在硬座车厢里，看着车窗外黑漆漆的夜，轮廓模糊不清的山峦，天空中偶尔有星星闪过，远处小城的灯火虽不甚明亮，却给心中那只左右奔突叫孤独的小兽，带来一丝暖意。有人在夜行车里唱歌，歌声虽然微弱，但仍能穿透夜色。有人在睡觉，睡得迷迷瞪瞪之际，嘟囔着骂了一句“神经病”，转过身又继续做梦去了。我睁着眼睛在夜行车上，看着车窗外那些一闪而过的景物，心中想着，那个唱歌的人和我一样吧？孤独！是的。我用旅行温暖自己，想来他是用歌声温暖自己。

生活中的小孤独，浅尝辄止，毕竟还没有经历过人生的剥离之痛，没有经历过生离死别，和大孤独相比，没有切肤之痛，不过是小巫见大巫罢了。

大孤独是灵魂深处的一种自我对话，别人轻易触及不到，也无法了解，只有真正孤独的时候，才会面对自己，审视自己，聆听自己。就像德国哲学家叔本华说的那样：“只有当一个人独处的时候，他才可以完全成为自己。谁要是不热爱独处，那他也就是不热爱自由，因为只有当一个人独处的时候，他才是自由的。要么孤独，要么庸俗。”（叔本华《关于独处》）

后印象派画家梵高是孤独的，他是一个极端个性化的艺术家，一直孤独地行走在自己的世界里，追求真实而自由地表达内心世界和自然世界，他的画风不被世人理解，生前只卖出过一幅画，是一个不能靠卖画养活自己的艺术家。

杨绛先生是孤独的，特别是晚年，先生与女儿这两个生命中最亲的人相继离去之后，一个人青灯孤影写就《我们仨》，让人看得泪湿双眼，没有巨大的孤独，没有沧桑的阅历，怎么能写出如此好文？她说：“人生最曼妙的风景，竟是内心的淡定与从容。”

奥地利作家卡夫卡也是孤独的，他一生孤独地行走在自己的小说里，但滑稽的是，他至死都是一个保险公司的推销员，若不是他的朋友在他去世后出版了他的小说，这个世界上根本不会有人理解和读懂他的孤独。卡夫卡在日记中写道："我要不顾一切地得到孤寂，我要不顾一切地同所有事情、所有人断绝关系。"

作家张爱玲的晚年亦是孤独吧！这个说过"生命是一袭华美的袍，上面爬满了蚤子"的女作家，有着傲人的才华，晚年却被蚤子这种小小的生物折腾得不停地搬家，每次拖着大箱小箱，走在搬家路上的时候，她的内心里一定满满都是孤独。

凡人惧怕孤独，怕被孤独吞噬掉。王者享受孤独，在孤独里游弋自如。喝一杯小酒，听一曲妙音，吃一盏清茶，赏一幅好画，只能说是小情怡心，是生活的韵致和风情，与孤独不相干。驾驭不了孤独的人，觉得孤独是一种痛苦，让人凄惶、苦楚，甚至万劫不复。能驾驭得了孤独的人，觉得孤独是一种享受，在自己的世界里，和灵魂对话。

孤独就像一场盛宴，每个人在这场盛宴中，都能把孤独品味出不同的滋味。

一直觉得，孤独是一个有些颓废而且悲情的语汇，可是直到某一天，在街心广场看到一个年轻人孤独而优雅地吹着萨克斯风，略略有些忧伤的曲风，传递出一种轻烟般的愁绪。他并不介意是否有人为他驻足或者倾听，他专注投入，深情忘我，用音乐表达自己的情感。霎时，我如醍醐灌顶，原来"孤独"这两个字不过是穿了一件悲情的衣服，一层层剥掉"孤独"的外衣，原来"孤独"的内心却是如此灿烂和美好，像一株空谷幽兰，散发着淡淡的幽香。

去过自己想要的生活

你无须讨好世界，只需取悦自己。愿我们在奔流不复的时光里，活成自己喜欢的模样。

有一个女孩，从小到大都生活在单亲家庭里，因此她从小就深深地懂得生活的艰辛和不易，知道妈妈一个人支撑这个家很辛苦，因此她很乖很听话，妈妈说什么她总是很顺从，怕妈妈伤心和难过。

六岁那年，妈妈带她去上钢琴课，她不大喜欢，却不敢违逆妈妈的意思。去上钢琴课的路上，芙蓉开得正艳，她在树下捡拾着一朵一朵的芙蓉花，磨磨蹭蹭地挨时间，妈妈大约看出了她的心思，对她说："妞妞，你是不是不喜欢上钢琴课啊？"她点点头，可是怕妈妈难过，她马上又摇摇头。

妈妈笑了，说："不喜欢咱就不去上了，今天下午妈妈陪你去公园里看花儿。"她错愕地看着妈妈，问道："你是不是觉得我不乖，难过得傻了吧？"妈妈摇了摇头说："你喜欢的事咱就做，你不喜欢的事咱不做，说得太深奥你不懂，等你长大了就明白了。”

那个下午，她们真的没有去上钢琴课，在公园里看荷花，看芙蓉，看那些叫不上名字的花儿草儿，那个下午，女孩乐疯了，一直在公园里玩儿到天黑，两个人才回家。

后来，上舞蹈课，上奥数课，上外语课，只要她不喜欢的就不去上，妈妈总是笑着纵容她。她喜欢学游泳，妈妈就带她去学。她喜欢滑冰，妈妈也带她去学，凡是她喜欢的，妈妈都支持她，当然，前提是好事而不是坏事。

上中学之前，她的成绩都不大好，老师把她的妈妈叫去了，说：“你的女儿特长班不参加，兴趣班也不参加，成绩也不大好，老是拖班级的后退，你这个当妈妈的，是怎么想的啊？”她的妈妈想了想说：“学习成绩固然很重要，但比起我女儿的快乐，就微不足道了，我希望她健康快乐地长大，做她喜欢的事情，做她喜欢的自己。”

老师无可奈何地摇了摇头，叹了口气，这么洒脱任性的妈妈，老师还是第一次遇到。别的家长也不认同她妈妈的教育方式，但是那些孩子们——她的同学们却很认同，都羡慕地说：“你妈妈真好，我要是有你那样的妈妈，还不快乐得疯掉了？”

上了中学以后，她的成绩开始稳步上升，升到老师和同学都惊讶的地步。高考的时候，她报了外地一所她理想中的大学，而且如愿以偿地考上了。

临走之前的那个晚上，妈妈帮她收拾行李，离别在即的小伤感在屋子里飘荡，她迟疑了半天说：“妈妈，我有些后悔了，我是不是太自私了？我不该走那么远，丢下你一个人在家里，我不大放心。”

妈妈却笑了，说：“傻丫头，我既不是稚童幼子，也不是老态龙钟，我还不需要人照顾，你去做你自己喜欢的事情就好。”

从小到大，妈妈总是这样纵容她做她自己喜欢做的事情，那些小事可以忽略不计，可是这一次不一样，一脚迈出家门，就离得十万八千里了，妈妈还这般纵容她，是不是有点傻？妈妈一个人留在家里，会寂寞孤单的，她有些不忍心，说：“妈，不然我今年不去了，明年考咱们本市的大学，也是一样的，那样我就可以天天和你在一起了。”

妈妈听了女儿的话，非但没有笑容满面，相反却板起了脸，很严肃地告诉她：“妞妞，做妈妈的女儿，不是你人生的全部，只是你人生中的一个角色而已，以后，你也会为人妻，为人母，甚至为人祖母，那些都将是你人生中所要经历的角色，你会为他们放弃你喜欢的人、放弃你喜欢的事吗？”

妈妈一边嘟囔，一边往行李里塞东西，想起一样塞进一样，恨不能把家里所有的东西都塞进小小的行李箱，让女儿带上她的温暖与关心。

妈妈忙得不亦乐乎，忽然发现女儿半天没有吭声，转过头，发现女儿面朝墙壁，早已是泪流满面。她笑了，摸着女儿的头说：“傻孩子，哭什么啊？有什么好哭的？过来，让妈妈抱抱，以后你是大人了，妈妈只怕抱不动了。”

这样说着，妈妈也忍不住泪湿双眼。在晶莹的泪光中，妈妈依稀看见自己年轻时的模样，那时也像女儿这般年纪，因为家里穷而放弃了学业，做了自己不喜欢的工作，因为父母的意愿，嫁给一个自己不喜欢的男人，这段婚姻终于没有走到最后，没有修成正果，个中滋味只有自己知道。

很多时候，我们喜欢以爱的名义绑架别人，其实真正的爱是放手，是成全。我们生来不是为了别人的称赞，别人的期许。我们活在这个世界上，最初最终的目的是为了做自己。**你无须讨好世界，只需取悦自己。愿我们在奔流不复的时光里，活成自己喜欢的模样。**

真正的内心强大

一辈子那么长，谁还不经历几次磨难？磨难抵挡得住弱者的视线，却抵挡不住强者的脚步。

真正经历过磨难的人，也许永远不会对你提“磨难”这两个字，那些在磨难中一步一步走过来的人们，心中只剩下感恩和惜福，感恩生活如此之美，珍惜活着如此之好，那种心情，普通人根本无法懂得和体会。

当我们在为找不到工作而垂头丧气的时候，当我们为居住在一间狭小的屋子里而感到憋屈的时候，当我们抱怨在公交车上被挤得像罐头里的沙丁鱼的时候，当我们在办公室里抱怨才华得不到发挥的时候，当我们刚刚跟父母吵架而怨怼父母不理解我们的时候，当我们一边玩着iPhone一边抱怨薪水太低的时候，当我们一次又一次为信用卡的账单发愁的时候，你知道有多少人的生活跟我们迥然不同？

1

一天，一个人在街上闲逛，在等待红绿灯指示的间隙，偶然遇到一个多年未见的老同学。当年，她是班里最胆小最娇怯的女孩，像一株含羞草一样，还没有说话脸就先红了。后来，听人说她得了乳房小叶增生，去医院检查晚了，被查出患了乳腺癌。

一直都没敢去打扰她的生活，以为她会更加沉默寡言，谁知道眼前的女子却全然不是那么回事儿。她略微有些清瘦，衣饰时尚，有些弱不胜衣，满脸笑容，如三月桃花，那风韵，那情致，和当年含羞草一样的女孩简直就是两个版本。

她声音甜润，不妖不媚，不亢奋也不沉重，像西瓜汁一样甘甜凉爽。她说，我的人生是从35岁开始的，我从35岁那年才开始知道生活有多美，有多甜，才懂得珍惜，我现在开了一家女子健身美容会馆，有时间你去玩儿！

我知道，35岁那年，她因左乳小叶增生而转化为癌症，做了全乳切除手术。我看着她离去的背影，不知道那几年她是怎样熬过来的，不知道她涅槃的过程，可是现在的她却是一个平静和美坦荡自信的女子，这就足够了，还有什么比这种状态更好？

2

有一天，一个人在小区里散步，碰到了一对白发苍苍的老夫妻，他们都是大学教授，每天傍晚会在小区里遛弯。因为小区是在郊区，树木清幽，花草繁茂，很多人都喜欢傍晚时分下楼遛弯，我也不例外，我一边走，一边听到老夫妻的对话。

老太太有些幽怨地说：“你为什么非逼着我明天去医院做检查？我最怕去医院了，这个仪器那个仪器的，折腾来折腾去，我真的不想去，要去你一个人去。”说到后来，老太太显然有些生气，声音陡然提高八度。

老先生像哄小孩一样哄着老太太，他笑嘻嘻地说：“谁让你自己不争气，老生病，不想去医院你别生病啊！”老太太还想说什么，还没有说出口，老先生又说：“你停一下。”老太太停下脚步，老先生从衣兜里掏出一块水果糖，剥掉糖纸，塞进老太太嘴里，一边还嘟囔：“再不吃颗糖，一会儿又要血糖低了，还逞强不去医院？”

老太太嘴里含着糖，脸上盛开了一朵笑容。你能想象吗？这一对老人，老来丧子，成为一对失独老人，日子是怎样熬过来的，只有他们自己知道。而别人看到的，只是一对愈老愈有风度的老人。

3

记得有一次去长白山旅游，时值冬天，广袤的森林落叶尽失，飞鸟无踪，我在一处温泉旁边遇到一个卖鸡蛋的年轻人，他荡着一只空空的袖管，让人看了心里有点难受。他热情地向客人兜售他的温泉水煮鸡蛋。记得某一天在网络上闲逛，看到一个18岁的年轻女孩，因为车祸而高位截瘫，可是看她写的文章，却是小桥流水，风轻云淡……

真正经历过磨难的人，不会永远在嘴上挂着磨难，只会在行为上诠释“磨难”二字。磨难是人生遇到的一条河，你不能因为一条河挡住了你的去路，你就永远在河的这岸坐着不起来，而河的对岸才是你要去的地方。

就算再郁闷，再憋屈，每天晚上睡觉前都要对自己道一声晚安。就算遇到再大的挫折，再大的磨难，每天早晨张开眼睛，都要给自己一个微笑，感谢上苍，我还活着。我们还活着，这就是最大的安慰。学会珍惜，学会知足，学会感恩，学会惜福，今天所受的磨难，会使明天的步履更坚实。**真正的内心强大，不是征服什么，而是能够承受什么。**

美国著名黑人运动领袖马丁·路德·金曾说：如果你不能飞，那就奔跑；如果不能奔跑，那就行走；如果不能行走，那就爬行；但无论你做什么，都要保持前行的方向。

我个人非常欣赏这句话，无论怎样，都要保持前行的方向，生命不枯，信念不息，磨难算什么，**一辈子那么长，谁还不经历几次磨难？磨难抵挡得住弱者的视线，却抵挡不住强者的脚步**，所以，从今天开始，一路微笑着前行吧！因为笑着过也是一辈子，哭着过也是一辈子，与其如此，还不如留一张笑脸给世界，愉悦别人，也愉悦自己。

人生除死无大事，无论发生多么糟糕的事情，都不要难为自己、怨怼自己，因为活着活着你就明白了，一辈子说长很长，说短其实也很短。

一勺糖与十勺糖

蜘蛛结网，是为了套住小虫子，使之成为自己的美餐。生活也像一张网，被生活套牢，也有被生活吃掉的危险。

有一天，一个朋友忽然问我，你买股票了吗？我有些摸不着头脑，心中暗忖，不晌不夜的，怎么想起讨论股票了？我犹豫了一下，笑笑说，没买啊！我没有投机的天分，所以老老实实地过着清水煮白菜的日子，不敢有发财的梦想。

他有些兴奋地说，这两天股票涨了，不但好多人解套了，还有好多人赚了不少钱。我听得出，他的言语中有抑制不住的喜悦之情，甚至可以想象他的内心正在手舞足蹈。他说，你不知道，我这几年过的是什么日子，手里买的几支股票，只见跌不见涨，没有一支是省心的，看着让人着实揪心啊，手里的那点积蓄都压在股票上，什么都做不了，眼瞅着这些股票市值越来越少，缩水得很厉害，一颗心像热锅上的蚂蚁，跑来跑去，都跑不出那个圈子，天天揪着心，受着煎熬，这日子不好过啊！

我听懂了，他是被股票套牢了，又舍不得割肉清仓，正处在等待解套的过程中，等待大盘由绿转红的日子，无疑是一种雪上加霜的折磨。可是话又说回来了，想要发财，承受煎熬是一种必备的心理素质，没有这点抗压能力，还怎么过五花马、千金裘的好日子？想要像我这样过优哉游哉的日子，就必须安贫乐道，心甘情愿地把清水煮白菜吃出山珍海味的滋味，才不会受那种煎熬。

另外一个朋友，她也被套牢了，不过她不是被股票套牢了，而是被婚姻套牢了。结婚时，她和她爱人是大家很看好的一对，因为两个人很般配，男人虽然穷点，但工作稳定，人长得也很帅。女人温婉贤淑，小家碧玉，有一份清闲的工作。起初，他们的小日子也过得很幸福，两个人浓情蜜意，温情脉脉，而且有一个非常可爱的孩子。

后来的戏码就很恶俗了，男人不甘清贫，努力打拼，艰苦创业，终于出人头地，事业有成，过上了有钱人的日子，可是他的生活中也自此有了小三和小四。这样一个滥情的男人，女人却舍不得割肉清仓。理由是，他穷的时候，自己陪他一起挨着，同甘共苦，现在他有钱了，自己凭什么拱手把他让出去？若是那样，自己岂不是很傻？更何况，他们还有一个可爱的孩子，为了孩子的幸福，这个婚也不能离。

女人恶狠狠地说："就算是拖也要把他拖死，让他有生之年都别想和小三小四们双宿双飞，这是对他滥情忘本的一种惩罚。"

我有些心疼她，她拖住一个不负责任的男人的身体，却套牢了自己的大好年华。一个女人，最好的时光就那么几年，却要和一个不爱自己的男人朝夕相对，互相折磨，想想这样的日子都是一种悲凉，都让人胆战心寒。

朋友的朋友，也被套牢了，不过他不是被股票套牢的，也不是被婚姻套牢的，他是被工作套牢的。他简直就是一个工作狂，没有比他更卖命工作的人了，每天加班到深夜，周六周日不休息，出差好多天都是在飞机上吃和睡，脚不沾地到处跑，当然，他这么努力不是为别人打工，他是为自己打工，可是就算是为自己打工，也用不着这样拼命吧？

后来，他终于累得倒下了，而且住进了医院，可是住进医院了也不消停，犹不肯罢手，把工作搬进医院去做，把病床当成了办公桌，把病房当成办公室，他的下属在医院里进进出出，早请示晚汇报，弄得乌烟瘴气，病房不像病房，医生非常严肃地警告他："再这样下去，你会过劳死的。"

他笑笑，说他就喜欢工作，喜欢赚钱，喜欢银行账户里的数字一天比一天涨起来，那样他会很有成就感，心里会很安慰很充实，充满自豪感。

真是让人无语的理由，君子爱财，取之有道，凭自己的劳动换取的钱财，谁都无可厚非，可是，若用透支健康作代价，岂不是得不偿失？

生活中，这样的事例还有很多，被房子套牢成了房奴，被车子套牢成了车奴，被孩子套牢成了孩奴，被微信套牢成了微信控，被网络套牢成了网痴，被麻将套牢成了赌鬼，被美酒套牢成了酒鬼，被金钱套牢成了财迷……

生活中的很多事情，都需要自己掌控，信马由缰，凭兴趣和爱好一时冲动而放纵，最终总是要被套牢的。**蜘蛛结网，是为了套住小虫子，使之成为自己的美餐。生活也像一张网，被生活套牢，也有被生活吃掉的危险。**

别被生活套牢，凡事适可而止，把握一个度。

什么叫适可而止？比如有一杯水，若是放一勺糖，水是甜的。若放十勺糖，水就变成了苦的。虽说都是往同一杯水里放糖，可是放多放少，这学问大了去了，不信啊？不信试试，这是最简单的道理，这就是度。

珍惜你有的，不贪你无的

珍惜你手里拥有的，不贪图你手里没有的。一味地贪图那些你踮着脚尖都够不着的东西，只会把自己折磨得精疲力竭。

在澳洲荒漠上生活着一种小动物——蹼鼠，这种小动物特别不起眼，力量弱小，智商也不是十分高，但它控制欲望的能力却是特别强。在澳洲西北部有一种桉树，在碧蓝的天空下，每当桉树叶落尽，桉树的种子便会洒得漫山遍野都是，许多动物疯狂而至，贪食桉树的种子。特别是在旱季，动物们饱食桉树的种子之后，就会因缺少水分，最后腹胀而死。

只有小蹼鼠，它们非常有风度，而且充满智慧，它们不慌不忙地把桉树的种子拖进洞里，不管饥饿多么难以抵挡，它们还是会等到那些树种在空气中吸潮，饱胀，然后再慢慢食用，它们用非凡的毅力抵制住心中的欲望，所以它们是笑到最后的动物。

人和动物其实都一样，就其本质，都要接受自然法则的考验。每个人活在这个世界上，心中都充满七情六欲，金钱、权力、美色等等，随便哪一样都会让我们一失足成千古恨。欲望永无止境，如果把控不住自己，掌控不了自己的欲望，每一样都会把你拖入无底的深渊。生活本不苦，欲望多了也就变成苦的。

智者知道怎样驾驭自己的欲望，不会让欲望像脱缰的野马，在心中肆意奔驰，克制自己对名利的渴求和对物质的欲望，抵御对美色的诱惑和对权力的膜拜，过一种平淡安心的生活。紧张忙碌的工作之外，在生活中寻找自己的乐趣，下下棋，旅旅游，读读书，种种菜。在棋盘上驰骋纵横，指点江山；在山光水色中淘洗灵魂，开阔视野；在书本中，寻找心灵的契合点，慰藉精神的需求；和家人在一起，享受天伦之乐，温暖心灵，避风躲雨。

珍惜你手里拥有的，不贪图你手里没有的。一味地贪图那些你踮着脚尖都够不着的东西，只会把自己折磨得精疲力竭。

去医院看望一个朋友，他出了车祸，残了一条腿，每天唉声叹气。问及，他说，奋斗了半辈子的事业，到此只怕是尽了。原来单位还打算升他的职，只怕再也不可能了。以后拖着一条残腿，只怕什么都干不了了。

我在他的眼里看到的，全都是灰暗，关于未来没有一点亮色，即使出了车祸，心中装的还是升职、名利，就算他心中希望的都得到了，那又能怎么样？如果换一个角度看，可能事情根本没有那么糟糕，甚至应该庆幸，至少他还活着，只是伤了一条腿，至少没有瘫痪，至少还没有死掉。可是很多人往往不会退一步想，或者换一个角度去想，只是抱着应该这样、应该那样的惯性不撒手，和那些失掉的东西死磕，最后给自己打个死结。

那些失去的就失去了，最应该珍惜的是当下，是现在，是此时，是你还活着。活着，就是最大的幸事，你还有亲人父母疼你，还有朋友关心你，还有同事牵挂你，那不是不幸中的万幸吗？

人生就像一场神奇的旅行，总有很多让你放不下的人事物。欲望如同一只小虫子，每一个人的心底都潜伏着那么几只，它不停地在你心里爬啊爬，弄得心里痒痒的、皱皱的，很不舒服。当我们放走了那只叫欲望的小虫子，当我们彻底丢开了它，心才会舒展，才会放晴，才会开朗。

人生在世，不能没有追求，也不能失去方向。身在红尘，想要把持住自己，抵制住诱惑，也非易事。只有做到内心简单，万事才能简单。就像那些生活在澳洲荒漠上的小蹼鼠，不妨慢一点，再慢一点，不慌不忙，活出属于自己的淡定从容。

老子说：知足常乐。我们虽然做不到像圣人一样，但给自己寻找一个快乐的理由还是可以做到的，把那只在心底左右奔袭的叫欲望的小虫子赶走，淡泊清明，宁静致远，珍惜你有的，不贪你无的，方是快乐之源。

年纪越大胆越小

经历可以变成财富，经历也可以变成经验，它让我们知道应该珍惜什么，懂得应该放弃什么。

年轻时对亲情、爱情、家庭并没有什么具体的概念，只停留在泛泛的表层上，理解得并不深刻，也不到位，总觉得有很多未来等在那里，有很多的时间可以在一起，所以什么都无所顾忌。偶尔和父母闹别扭，和爱人吵架，和兄妹闹矛盾，并不会主动去和解，并没有学会柔软和妥协，生几天闷气，赌气谁也不理谁，然后慢慢地、一点点再和好，并没有觉得有什么不妥。

对时间就更没有什么概念，总觉得有大把的时间可以挥霍，可以浪费，想干点什么就干点什么，一切都没有什么了不起！想一想年轻真好，年轻可以勇往直前，年轻可以不顾一切，去疯，去爱，去做自己想做的事情。

年岁渐长，突然生了一场大病，病中一直在担心，就算不会一朝离去，可是一旦有个什么三长两短，年纪越来越大的父母怎么办？他们承受得了吗？谁来照顾他们？相伴了很多年的爱人怎么办？一起养成的生活习惯能改掉吗？就算还可以重新开始生活，也会为我流几滴伤心的泪水吧！还有稚子年纪尚轻，尚在求学，没有我他会不会感到孤单无助？还有兄妹，还有朋友，他们也都会为我难过吧！

没有生过病的人可能不会理解这种患得患失、瞻前顾后的感受。病愈后，落下一个毛病，那就是恐惧，胆子越来越小，干什么都害怕，上哪儿去都害怕，年轻时的那种豪气万丈，一下子跑到爪哇国去了。

半夜，电话聚响，总是心惊肉跳，心“嗵嗵”乱跳，慢慢抓起电话，小心翼翼地问对方是谁，有什么事情，生怕是什么不好的信息。父母年龄大了，总担心他们的身体会出什么状况，或有点什么闪失。孩子平常都住在学校，生怕一不小心，转眼之间就出个什么意外，每次出门，都是千叮咛万嘱咐。兄妹们也是各自成家，各过各的日子，朋友们有远有近，也是时常牵挂，就算不是常常问及，但总是都在心里的，但愿大家都安好！

出门，特别是去远一些的地方，总是担心飞机不够安全，怕火车汽车出什么事故，一颗心总是悬着。不是我怕死，变得胆小如斯，只是万一出点什么事情，那可如何是好？父母的伤心难过都可以想象得到。古语说，不养儿不知父母恩，其实说白了，就是你自己没有小孩子，怎么能体会做父母的心情呢？还有儿女，倘使我不在了，遇到了什么意外，他怎么会不伤心难过？所以，从本质上来讲，我不怕死，可事实上，我是真的很怕死。

大多数时候，人活着其实并不仅仅是为了自己，还为那些爱你和关心你的人，当然也包括你的仇人，你好好活着，人家才有对手，才会觉得够劲。

活着，就好好和那些爱你的人相守在一起，好好珍惜每一天，不浪费每时每刻。活在这个世界上，钱是永远赚不完的，工作也是永远做不完的，生老病死虽不是熟客，但有时候也会不请自来，指不定什么时候说来就来了，没有防备，措手不及。赚再多的钱，住再大的房，没有人和你一起，心还不是空落落的？更何况，生不带来，死不带去，什么都是身外之物。

好多人喜欢奢侈品，觉得别人没有的，那才是最好的，所以挖空心思，想尽一切办法也要拥有，其实最好的奢侈品也许人人都有，那就是平常日子里的一粥一饭，一个关心的眼神，一句关切的话语，一个温情的动作。人人懂得这个道理，却不见得人人都会珍惜，总要等到没有了，才知道那才是最好的时光。

人在年轻的时候，总是桀骜不驯，目中无物，总觉得人生有无限的机遇，有无限的可能，有大把的时间，有不散的筵席。然而一路走，一路丢，走到最后，依旧是两手空空，什么都没落下。

人老了是不会有如此豪气的，年纪越大，会变得越胆小，因为**经历可以变成财富，经历也可以变成经验，它让我们知道应该珍惜什么，懂得应该放弃什么**，知道什么才是人生最重要的，知道什么才是人生最美好的。

好好活，做自己喜欢的事，和自己喜欢的人待在一起，把每一天都当成最后一天去珍惜，心静，则暖；心暖，则安；心安，即福；失去，不悔。

老得太快，聪明得太慢

一个人永远不能预料未来，那些假设是单方面的一厢情愿，生活才不管你是怎么想的，它永远按照自己的既定轨道运行。

1

不能否认，等待是一种美好的情愫。

小时候，我们习惯放学以后，一边写作业一边等爸爸妈妈回家，眼巴巴地期盼着爸妈的手提包里有我们期待的红苹果、大鸭梨、烤鸭、烧鹅之类的，想着想着，就会狠狠地抿几下嘴唇，生怕一不小心有口水流出来。

当然，这种期待常常会落空，会失望，若不是特别的日子，爸妈断不肯花很多钱买那么多好吃的，用下半个月喝西北风的危险换取一顿美餐。然而，不管怎样，美食的诱惑还是让人很期盼，还是会不甘心，内心里那个小小的期待，一直都在疯长，在等待中享受着煎熬的美好。

2

上中学时，暗恋班里一个男生，日思夜想，上课跑神，觉得那男生帅气阳刚，声音好听，眼神明亮，长相靠谱，眼瞅着不见的一小会儿功夫，心就慌慌的，仿佛丢了东西，偷偷塞一张小纸条给那个男生，然后就是无休止的等待。

像做了坏事一般，偷偷立在蔷薇花下，等待那个男生前来赴约，黄昏的阳光，美得耀眼，花影下，孤独地站着小小的我，左等不见，右等不见，一直到蔷薇花变成一个隐隐约约的轮廓，也不见那个男生前来赴约，心下不忿，有什么了不起的，姐还不稀罕呢!

3

年岁渐长，长到青春所剩无几，慌慌张张地去相亲，一次又一次，像打仗一样，迅速地转换战场，一直到精疲力竭，终于对一个男人有了一点感觉，于是两个人相约在一家新开的咖啡馆见面。

天空中飘着小雨，撑着伞走到拐角的那家咖啡馆，要了两杯咖啡，一个人坐在那里，用一把小银匙轻轻搅动杯中的咖啡，袅袅的香气中，慢慢品味着等待的滋味。那个人打电话来，说是来不了了，临时有事儿。虽然失望，但也在等待中度过了一个美好的下午，临走时，回头看一眼，一杯尚满，一杯已空。

4

不能否认，年轻时，有很多等待都是美丽的，不求结果，只求过程，尽管虚掷了大把的光阴，可是因为年轻，那光阴并没有金子一般的光彩，只贪图等待的美好。

生命的起承转合每个人都会经历。

然后开始了仓促的婚后时光，日子忽然变得局促起来，柴米油盐酱醋茶，开门七件事，件件不离它，忙工作，忙家庭，忙老人，忙孩子，忙得一塌糊涂，似乎再也没有时间和精力去虚掷光阴，风花雪月，约会等待，那些事情渐行渐远，最终远离，成了“不务正业”的代名词。

5

很多事情都变成了海市蜃楼，等待变成挂在嘴边的口头禅。被孩子的成长和学业累得七荤八素的时候，常常设想着，等孩子长大了，就可以不那么操心了。等孩子长大了，就可以干自己想干的事情了。

岂不知，等孩子长大了，你也老了，20年的时光过去了，乌黑的头发有了银丝。想吃也吃不动了，多吃一口就难受。想穿也不敢穿了，年轻女孩的时装穿在身上，总有一种怪异的感觉。想玩儿也玩儿不动了，走几步路就会腰酸腿疼，那疯狂的劲头像被水泼熄的小火苗，兀自冒着时有时无的小股白烟。

6

被工作累得晕头转向，分不清东西南北的时候，总喜欢说，等我老了，等我退休了，等我有了大把的时间，我就去旅行，想去哪儿就去哪儿，想干什么就干什么，把这一生想去的地方都跑个遍，玩个够，看个够。

岂不知，等你老了，等你退休了，保不齐身体健康每况愈下，别说想去哪儿就去哪儿，恐怕下趟楼都费劲，运气不好的，生了大病，油尽灯枯，人生的事儿，谁能跑到头里看看？

工作时加班加点，回家后孩子哭老婆叫，想回家陪父母吃个饭都成了难题，总想着，等我有时间了，等我不忙了，一定要回家好好孝敬父母，陪老人家吃吃饭，聊聊天，下下棋，旅旅游，享受一下天伦之乐。

岂不知生活不会给我们太多的时间去等待，等你不忙了，等你有时间了，怎么知道父母还等在那里？怎么知道你还有机会去孝敬他们？每个人都是生活这部大机器上的一个小齿轮，一环扣一环。年轻时觉得有大把的时光，什么都不急。后来渐行渐远，什么事情都经历过了，再回首来路，猛然间，犹如醍醐灌顶，幡然醒悟，只觉得老得太快，聪明得太慢。

一个人永远不能预料未来，那些假设是单方面的一厢情愿，生活才不管你是怎么想的，它永远按照自己的既定轨道运行。

7

假如生命再给我一次选择的机会，我一定要学着聪明些，什么事情都不会再去等待。年少的等待是一种浪漫的小情小调，因为年轻，等得起，而年龄渐长，等待就变成一种奢侈，就是浪费生命。

我们要一边工作，一边学习，一边照顾好家人，一边照顾好自己，把时间合理分配，而不是把那些自己想做的事情全部统筹到等待中，因为这一等待，不仅仅会遥遥无期，而是很有可能再也没有机会了。

生活教会我们的，远远比我们知道的要多。

比赚钱更重要的事

人生有很多事情都比赚钱重要，如果因为赚钱而丢失了很多，比如亲情，爱情，友情，甚至是健康和快乐，那都是本末倒置，得不偿失。

和朋友闲聊，话题是人这一辈子究竟赚多少钱才算够本，才会够花，才会快乐。朋友想了想说：“我虽然很喜欢钱，赚钱虽然很重要，但不能否认，生活中有很多事情比赚钱更重要。”

闻君此言，我不由得刮目相看，难得有人还能如此洒脱，还能如此超凡脱俗，什么事情能比赚钱更重要？

在很多人的眼里，钱不是一个单纯的概念，不是一个单纯的等值量化交换工具。老百姓叫钱，学名叫货币，官方叫人民币。在很多人看来，有钱与否已经成为衡量一个人是否成功的标志。古语说，君子爱财，取之有道，可是很多人为了钱，已经开始不择手段。

赚钱，在很多人的人生中，都是极为重要的事情，如果说哪个人不喜欢钱，不喜欢赚钱，那一定很虚伪。毋庸置疑，有钱会过得好一些，逍遥一些，没有钱，还吃啥喝啥臭美啥？但是，不管怎么说，我还是同意朋友的话，这世间肯定有比赚钱更重要的事。

比如说家庭，守护好家庭就比赚钱更重要。俗话说，没有小家哪有大家？小家作为社会大家庭中一个小分子，却是每一个人避风的港湾。伤心时，难过时，受伤时，我们第一个想到的就是家，还有家中的那个人。那种温暖和给予，是任何一个人、任何一个地方都不能替代的。

曾经认识一个朋友，是开饭店的，生意做得很大，在各个城市开了好多家连锁店，每天都在忙，忙得没有时间回家，妻子生病也没时间照顾，后来妻子病愈后就和他离婚了。女人说，我要的那个人，就是在病中能为我端一碗水的人。话虽很朴实，却能让人咂摸出点滋味来。半生之后，男人离婚，自然能找到大把女人，但是好的爱情和好的婚姻却不再那么容易找到了，能知冷知热和你一起过日子的人不容易找到了。

比如说父母，孝敬好父母也比赚钱更重要。有人会说，孝敬父母什么时候不能啊？只要有钱，还怕不能孝敬父母？那你肯定没有听说过那句老话：子欲养而亲不待。也就是说，父母不会永远等在那里，等着你去孝敬。

一个同学的哥哥，事业做得很大，天天出差公干开会，忙得脚不沾地，就是没有时间陪父母，他给了父母一张卡，说，二老想买什么就买什么，想什么时候花就什么时候花，想花多少就花多少。

后来他的父亲得了脑溢血，突然离世，整理遗物的时候，他看到那张卡，查了一下，里面一分钱都没有少，他像个孩子一样，号啕大哭，因为很多年来，他没有陪父亲散过一次步，聊过一次天，下过一次棋，每次都是来去匆匆，因为他一直忙着赚钱，留下了无法弥补的遗憾。

比如说健康，爱惜好身体就比赚钱更重要。健康是人生的一笔隐形财富，年龄越大，这种感触会越深，没有一个健康的身体，什么人生啊，事业啊，爱情啊，说什么都是白搭，说什么都是没有意义。

一个朋友的朋友，与人合伙开了一家小公司，公司虽说不大，却比任何人都忙，加班加点，出差公干，周末不休，三两年的时间就把身体搞垮了，胃疼颈椎疼，还得了很严重的抑郁症，夜里睡不着觉，焦躁得把头发都揪光了。人不是机器，工作得干，钱得赚，但一定得注意劳逸结合，旅行，锻炼，必要的放松，都是不能省略的。工作是干不完的，但是健康却有挥霍完的时候。

如果你仍然坚持赚钱是最重要的事，我也无话好说，不过你可以设想一下，如果一个人，只知道赚钱，家庭破碎了，父母离去了，身体有恙了，那么就算有一大堆的钱，他会幸福吗？钱会带给你关心？体贴？真情和爱？**钱就是金融流通领域里的一个数字，不会带给你任何的真情实感。**有些东西钱可以买到，有些东西钱是绝对买不到的，就算买到了，也买不到真心，买不到温情，买不到亲情，买不到爱情，更买不到健康。虽说没有钱是万万不能的，但钱也不是万能的，这世间，还有比赚钱更重要的事，那就是幸福的家庭，健康的身体，人生的快乐！

人生有很多事情都比赚钱重要，赚钱只是为了生存，是为了生活得更好，赚钱只是人生的一部分，如果因为赚钱而丢失了很多，比如亲情，爱情，友情，甚至是健康和快乐，那都是本末倒置，得不偿失，毕竟人生的大厦是由很多方面构建的，不是赚钱这一件事情可以支撑的。如果失去了其他的部分，只剩下了钱这件孤立的事情，而你还会快乐到底，那你一定是个不需要温情不需要关爱的异类，可以抱着那些毫无情感的东西过日子。

慢慢来，让灵魂跟上来

“浅草没马蹄”是一种闲情，“采菊东篱下”是一种心境，忙乱的生活也许不允许我们过分穷讲究，但这并不妨碍我们带上灵魂赶路，带上心去生活。

不知道从什么时候开始，我们都变成路上那个匆匆而去的背影，似乎每个人都很忙，忙得像一只一刻都不能停止旋转的陀螺，步履匆匆，无暇侧目，没有时间与家人一起吃顿饭，没有时间与朋友聊天闲侃，忙工作，忙升职，忙赚钱，来不及细品生活的滋味，来不及静候时光的飞逝。

看书看报，喜欢浏览标题，一目十行，囫囵吞枣，没有耐心去体会书中人物的心境变化，更没有心情去领悟书中风物人情的细致，变成了名副其实的“标题党”，读书读报只读标题，因为忙乱，所以心安理得地停留在浅阅读的层面上。

出门旅行，喜欢跟团观光，因为可以省却旅途中的诸多琐事的烦恼，比如订票、住宿等一系列问题，只要带上身体，像行军打仗一般，混在人群之中，来去匆匆，上车睡觉，下车拍照，看过什么，当然是不知道。

经常给父母打电话，却很少回家。打个电话问候一下，便心安理得，方便快捷省事儿，代替了回家开车堵车的心烦与纠结。能够听听儿女的声音，当然也很好很幸福，但天下父母最盼望的事情，还是能够和自己的孩子一起吃顿饭。

经常和朋友聊天，聊过之后却不知所云。朋友遍天下，打开手机，朋友有几十个甚至几百个，永远不知道哪个朋友会在什么时候和你见面聊天说事儿，就算见过面，聊过天，仍然会把朋友甲当成朋友乙，把朋友乙当成朋友丙。

天天和爱人一起吃饭睡觉，却记不得他前一天说过什么话，记不得她今天换了什么颜色的衣服和发型。似乎每一天都很忙，似乎每一天都在追赶什么，可是若要较起真来，问问自己在忙些什么，追赶什么，又无从作答。

真的不知道从什么时候开始，我们丢弃了灵魂却不自知，变成路上那个匆匆而去的背影，变成了人生路上那个爬行的躯壳，看不见路边开满鲜花的树，忽略了小桥流水的灵秀，来不及去品味亲情之暖，爱情之美，友情之甘，来不及品味生活中种种细节带给我们的感动和美好。

半夜醒来，瞪着天花板茫然之际，忽然看见自己，一个人踽踽独行，有些孤单，有些凄惶，有些失落。这些年来，身体一直在朝着一个方向不停地奔走，而灵魂却一直在不远处若即若离。说话，不过大脑。做事，只是应对眼前。不知道自己想要什么，也不知道自己想去哪里。仿佛什么都想要，却一直是两手空空。仿佛哪里都想去，却一直停留在原地。

其实，对于这个世界来说，你就是一个人，或者说是某一个人，可有可无，可多可少，可是对于某个人来说，你却是整个世界，你却是唯一。**好好活，活仔细一点，活认真一点，是对自己的期望，也是某人对你的期望。**

古印度有一句谚语：请走慢一点，等一等灵魂。不知不觉中，我们在生活中背离了自己，说着言不由衷的话，做着心口不一的事儿，被诸多的欲望追赶着脚步，没有幸福感，没有方向感，茫然而混沌，不知快乐为何物。

好在，我们只是暂时丢弃了灵魂，而不是背叛了灵魂，所以还有救。

“浅草没马蹄”是一种闲情，“采菊东篱下”是一种心境，忙乱的生活也许不允许我们过分穷讲究，但这并不妨碍我们带上灵魂赶路，带上心去生活，不泛泛停留在生活表层，让灵魂跟上身体，让灵魂跟上前行的步履，只有灵与肉保持高度一致，才是至臻之境。

珍爱生命，远离微信

所有的热闹都是虚假的繁华，关掉手机，关掉微信，繁华不复存在，喧嚣归于宁静。

一个女孩去相亲，在咖啡馆里见面后，两个人相聊甚欢。女孩问男孩："你平常喜欢干些什么？刷微信吗？"男孩说不。女孩又问他："那你一定是刷微博了？"男孩说也不。女孩笑说："那你一定是天天泡QQ。"男孩说有QQ，但不常上。

女孩很吃惊，看上去男孩比自己也大不了几岁，怎么像个山顶洞人一样，生活在与世隔绝的世界，于是又问他："那你平常干些什么？"他说，弹琴，练书法，跑步，游泳，爬山。

女孩打量着这个不刷微信也不刷微博的男人，心想，世间难得有此怪物，和这样的人做朋友会不会有代沟？会不会没有共同语言？

生活在这个时代，不刷微信的人真的很少，就像一个朋友说的，一天不刷微信好像少了点什么，两天不刷微信像丢了东西，三天不刷微信就抑郁了，这病怎么治?

微信的启动画面很有些意思，一个人孤独地站在蓝色的地球上，这个简单的画面，传达给我们的信息却很广，我们可以在第一时间知道这个世界上任何一个角落发生的事情，我们可以和这个星球上的任何一个人互联，我们是地球的主宰，我们是自己的王。另外一方面，一个人孤单地站在偌大的蓝色星球上，苍茫四顾，孤独像一种瘟疫，在时空里无限地蔓延……

被微信绑架的生活很多人都体验过，每天早晨起床后，不刷牙不洗脸不吃早点，第一时间拿起手机，然后像皇帝批阅奏章一样逐条逐句浏览信息，或会心微笑，或不屑一顾，或义愤填膺，尽管那些事情确确实实跟自己没多大关系，不知道是从哪儿抄来的哲理句子，也不知是从哪儿转来的网络段子，要么就是晒晒幸福，或是倒倒苦水，可是不点个赞，好像有些说不过去，不发几句评论，怎么显示自己的存在感?怎么对得起那些辛辛苦苦在微信平台上表演的嘉宾?沉默代表不够友好，点赞也是一种交情。

刷微信、刷朋友圈成了一种病，比相思更难耐，早也刷，晚也刷，吃饭时刷，等车时刷，亲朋好友聚会的时候刷，走路时也刷，甚至一切可以利用的时间，只争朝夕，生怕一不小心错过了身边发生的重大事件。

有一个朋友，因为走路时刷微信，撞到人行道旁的法桐上，不但磕倒了，而且他前面的门牙光荣地下岗了，这听上去是不是更像一个笑话？

微信社交平台，看似热闹非凡，认识的人或不认识的人，在微信中逐渐都演变成熟悉的陌生人，大家熙熙攘攘，你来我往。最糟糕的是，原来熟悉的朋友，经常在网络里、微信中见面，生活中却不大见了，把生活中的好朋友变成了微信中熟悉的陌生人。

所有的热闹都是虚假的繁华，关掉手机，关掉微信，繁华不复存在，喧嚣归于宁静。仿佛认识很多人，可是事实上谁都不认识，不知不觉中失去很多东西，静不下心来读书做事，无法专注于一件事情，不刷微信就无法安心，不刷微信不成活。

一个朋友出门旅行，孤旅天涯，不小心把手机丢了，这是一件糟糕透顶的事情，因为不能用微信，不能刷朋友圈，觉得自己被关在了美丽新世界之外。沿途美景无心赏，驴友聊天也无心听，只觉得世界一片灰暗。每天习惯性地掏右手边的口袋不下十几次，因为手机原来就放在右手边的口袋里，现在每掏一次，心就缺失一点，只盼望着这次旅行能快点结束，然后回家买一个新的手机。

他像一个犯了瘾的瘾君子一样，坐立不安，茶饭无心，看什么都不顺眼，干什么都觉得没意思，焦虑狂躁，像丢失了心爱的东西一般。这种症状一直持续了三天，第四天，这些症状有所缓解。第五天，他不那么频繁地摸口袋了，第六天，终于可以关注身边的人事物了。第七天，觉得沿途的那些风景很美，美得心醉，以前怎么没有发现呢？

其实美丽的风景一直都在，当我们对于某些事物特别关注的时候，会忽略掉生活中的一些美好。电脑也好，网络也好，微信也好，其实都不过是我们生活和工作中的工具，当我们对科技、对工具、对微信社交过度依赖或主次颠倒的时候，就失去了原有的初衷，把一切的美好变成了不美好，那不是我们的本意。

每隔十分钟刷一次微信，那样的生活想想都很纠结，所有的时间，所有的心情都是支离破碎的，而且心一直是悬浮的，无法专注，那是你想要的生活吗?

生活中有很多事情可以消磨时光，比如安静地喝一杯咖啡，让咖啡的香浓一点一滴在味觉上萦绕，比如安静地读一本喜欢的书，让纸墨的芬芳一朵一朵盛开在视线里；比如安静地听一段音乐，让舒缓的音乐在心中慢慢流淌；比如安静地在法桐下散步，让落叶在步步莲花中像蝴蝶一样飞翔……

其实，不刷微信也挺好!

学会与自己独处

和自己私奔一小会儿，无论是身体上还是心灵上，去一个自己想去的地方，和自己聊聊天，谈谈心，哪怕那个地方是天涯海角，哪怕那个地方就在隔壁，和自己独处的时光，就是对自己最好的慰藉。

那个午后，天空低垂，雾霾沉沉，到处都是灰蒙蒙的。

没有一片叶子的树，凛然站在寒风里，两只伶仃的麻雀站在光秃秃的枝干上打架，又或许是在说着什么我听不懂的悄悄话。

生活在这个世界上，我不懂的事情太多了，**活着活着，滴翠的青春蓦然间就已苍老；活着活着，鲜亮的生活中就有了些许的皱褶**。每日里，和那些红尘俗事争斗，精确到每一个细节，常常是一颗心拥挤得没有一丝缝隙。

我知道，不仅仅我是这样的状态，很多人都这样，可是我仍然不甘和郁闷。

那个午后，我放下手中所有的事情，一个人出了家门，茫然地随着人流上了电车，电车上很多人，没有人说话，大家都茫然地看着车窗外，灰秃秃的树木，灰扑扑的楼房，零落的行人，没有阳光，也没有风。

出了城，下了车，到了海边。

往日热闹得像自由市场的大海边上，此刻繁华落尽，游人稀少。冬天的海，没有春天的海那般妩媚，没有夏天的海那般热烈，没有秋天的海那般迷人。冬天的海，更像一个垂暮的老人，慈祥，安静，从容。

我在海边，顺着海岸线一直走，一直走，走去哪里？我不知道。

褐黑的礁石，古朴的木船，陡峭的悬崖，悬崖顶上是一片蜿蜒的山林，群山寂静，大海不语，礁石寂寂。

我走得累了，走得疲了，就坐在礁石上看海，冬天的海有冬天的风情和韵味，海天苍茫，浑然一片，极少有人打扰，也有像我这样的不速之客，偶尔有一两个冬钓或冬泳者，他们都是非常勇敢的人，不像我，只是一个走失在午后时光里的人，偶然间到了这里。

远处有渔村，掩映在光秃秃的树木中，有白色的炊烟袅袅升起，像一个抒情诗人笔下的诗句，温暖了我的记忆。

那一年，我还小，在一个陌生的城市，我走失在高楼林立的街道上，找不见熟人，找不见朋友，也找不见我要去的地方。站在街头，到处都是人和车，一张张陌生的脸，擦肩而过时，让我生出惶恐和不安，那种惶恐和不安像长了翅膀的小怪兽，在我的心中乱窜，我哭了，我想，我把妈妈弄丢了，我再也见不到妈妈了。

年少的时光，就连不安和惶恐都是纯粹而美丽的，今生只怕再也不会有那样的时光了。我在冬天的海边，忍受着零度以下的寒冷，记忆一泻千里，想着经年过往，梳理着脉络，却感到从没有过的幸福。

手机响了，是他。

他问我，你在哪里？我环顾四周，陌生的渔村，陌生的山林，陌生的海，我说，不知道，我真的不知道自己在哪里。他说，我去接你吧？我说不用了，真的不用。

我顺着来时的路，往回走。

天快黑了，海边空落落的，一个游人也没有，就连沙滩上的脚印都被潮汐淹没了，我一直走，速度很快，我要在天黑之前赶回电车站。那么快速的行走，好多年都不曾有过，直走得气喘吁吁，大汗淋漓。

听人说，这片山上有野生动物，甚至有狼出没，所以我顾不得再看海，脚步起起落落，飞快地赶路。那么冷的天，汗水居然湿了我的发际，湿了我内里的薄衫，我加快脚步，几乎是小跑着往电车站的方向……

天完全黑下来时，我终于赶到了电车的始发站。

坐在电车上，一路向城里的方向，从沙滩礁石到高楼林立，从荒凉到繁华，从无边的黑暗到灯火璀璨，渐渐的，有了温暖的气息，有了人的味道，我又回来了，重新回到了无边的红尘中。

我想起了妈妈煲的汤，我想起了他煮的粥，我想起了一个叫家的地方，我想起了诗人海子的诗：

从明天起，做一个幸福的人/喂马、劈柴，周游世界/从明天起，关

心粮食和蔬菜 /我有一所房子，面朝大海，春暖花开。

是的，我有一所房子，面朝大海，春暖花开。在那个走失的午后，我在心中给自己建了一所房子，那是世间最美的房子，面朝大海，春暖花开。

和自己私奔一小会儿，无论是身体上还是心灵上，去一个自己想去的地方，和自己聊聊天，谈谈心，哪怕那个地方是天涯海角，哪怕那个地方就在隔壁，和自己独处的时光，就是对自己最好的慰藉。

第二章 / 我们都一样，走过孤独和彷徨

最让人疲惫的，不是山高水长，路途遥远，而是心中无法释怀的苦闷，是你背负着永远的昨天行走在路上。

我只记得你的好

记得你对我的好，是我对自己所能做的最大的仁慈。

每一次想起你，心中都会有温暖缓缓升起，无论你曾经对我做过什么，无论你曾经怎样对我，我都只记得你的好。因为仇恨太累，因为愤怒伤身，**记得你对我的好，是我对自己所能做的最大的仁慈。**

小时候，你是我的玩伴儿。你老是欺负我，丢沙包，你是挡在中间的那个人；跳格子，你是那个随意捣乱的人；跳皮筋，你竟然好意思把皮筋给绷断了。最过分的一次，是我穿了一双新鞋子，你眼瞅不见的功夫，把我的新鞋子偷偷丢掉一只。我哭着喊着，说你欺负人，你兴高采烈，扮鬼脸嘲笑我。那时候，我就发过誓，永远恨你，这辈子再也不跟你一起玩儿了。

好多年过去了，我发现我当年对你那种强烈的仇恨都烟消云散。我记得你的模样，大大的眼睛，略厚的嘴唇，一笑还有两个酒窝。我记得的，全是你的好。一起滑冰，我掉进了冰窟窿里，是你把我拖出来的，为此你还摔了一个大马趴，被冰水湿透了衣衫。某天傍晚，天黑又停电，我吓得哭了，是你跑来，陪我在烛火下一起看小人书，一直陪我到妈妈回来。好多年过去了，我一直记得你的好。

上中学时，你是我的同学。你老是欺负我，我的橡皮丢了，借用同学的一块橡皮，你跑去老师那里告我的状，说我偷了同学的橡皮。我没有哭，用眼睛狠狠地瞪你，那时候我暗暗发誓，永远不理你这个马屁精。一起去郊外旅游，你拿了苹果，给我的老对手一个，却没有给我，那时候，我生气了，发誓再也不认你这个朋友。

好多年过去了，我发现我当年对你强烈的仇恨都跑到爪哇国了。我记得你的模样，短短的头发，薄嘴唇，大眼睛，还戴一副眼镜。我记得的，全是你的好。我记得那次旅游，虽然我没有吃到你的苹果，可是我因为摔倒了，膝盖磕破了，是你把我背到山下的，我忍着痛，不肯对你说谢谢，只因为那个苹果。我还记得有一次，用小刀削铅笔，却不小心削到了手指头，是你在衣襟上撕下一条布，胡乱地帮我把手裹好，使我看上去更像一个刚从战场上下来的伤员。好多年过去了，我一直记得你的好。

初恋来得比较晚，那一年都20多岁了，心忽然开了一道小门，然后遇到你。你跟我约会，常常迟到。一起出去吃饭，你为了逃单常常借故溜掉。我买了一张喜欢已久的唱片，你转头看着街景，说没有带钱。最过分的是，你一边跟我谈恋爱，还一边玩劈腿，我气得饭都吃不下了，为此节约了不少的粮食，发誓只要再看到你，非把你剁成肉酱不可。

好多年过去了，我发现我当年对你强烈的仇恨忽然都变得无关紧要了。我记得你的模样，你喜欢穿格子衬衫，高挑，帅气，手指修长，是很多女生暗恋的对象。我记得的，全是你的好。我记得有一次，一起逛街，我兴奋地说着什么，是你一把把我拽到旁边，愤怒地吼我：你不要命了？我惊魂未定，看见一辆车从我眼前呼啸而过。我还记得你这个出了名抠门的小气鬼，省下早餐的钱买了一套朦胧诗选送给我，那是为诗疯狂的年代。是的，好多年过去了，我一直都记得你的好。

工作也不是那么称心如意，那时候在一家公司上班，你就坐在我旁边的位置，我们年龄相仿，有聊不完的话题，衣服、饰品、妆容、八卦、娱乐，什么都能拿来作主题。把你当成朋友，后来发现，你总是有意无意撬走我的客户，你总是有意无意跑到老大面前说我的坏话，你总是有意无意把我当成对手，我气愤不过，发誓再也不拿你当朋友。

好多年过去了，我发现我当年对你的仇恨没有我想象的那么强烈。我还记得你的模样，长发披肩，面容娟秀，说话细声慢语。我记得的，全是你的好。我感冒几日不好，你买了感冒药放到我的桌子上。我失恋，你安慰我说，天涯何处无芳草，找不到极品男人，还找不到一棵狗尾巴草？何必偏在一棵歪脖子树上吊死？我忍不住笑了。好多年过去了，我只记得你的好。

结婚也比较迟，像晚熟的农作物，挑来拣去，挑了一个并不十分称心的男人结了婚。晚婚，大多都是不得已而将就。两个人的磨合并不是一件容易的事，嫌你挣钱不多，嫌你不会做饭，嫌你话太多，嫌你心太宽，最可气的就是天天有应酬，回家晚。我一个人忙家忙孩子忙工作，忙得脚打后脑勺，发誓要跟你离婚。

好多年过去了，我发现我当年对你强烈的不满早已随风而逝。无论怎样，你的模样都印在我的心里。个子矮且不论，还是个胖子，最要命的是爱臭美，每天对着镜子照好几次。我记得的，当然全是你的好。离婚你死活不肯，因为你的臭屁理论是：谁家都是凑合过。我生病，你形影不离地陪了我三个月。我臭脾气，一言不合就跟你吵，你却从来不跟我计较。好多年过去了，现在我眼里只看到你的好。

世间的事，百种样。世间的人，百种多。最轰轰烈烈也抵不过似水流年，多的是鸡毛蒜皮，鸡零狗碎，当时以为能恨一辈子的人和事，到头来会觉得不过如此而已。

那些非走不可的弯路

有些弯路，是成长过程中的必经之路，别人无法替代你去感受，也无法替代你去生活，所有的选择都是自己的决定，在弯路中积累足够多的经验和能量，才能支撑人生框架，才能一步一个脚印，才能不断成长。

有一个女孩，在高考之前的那一年早恋了，早恋的温度把女孩的心融化了，她迷失了方向，以飞蛾扑火般的姿态投进一场虚无的情感中，以为恋爱就是人生的全部，以为恋爱就是人生的归宿。

她和男孩双双相约，两个人考同一所大学，念同一个专业，可以在大学校园里继续他们的爱情，可是等到分数出来以后，所有的计划全部都被打乱了。男孩因为早恋而影响到学习，成绩不尽如人意，勉强只能上一所二流的大学。而女孩的成绩还是相当不错的，虽然也受到早恋的影响，和她平时的成绩相比，也下降了很多，却比男孩要好很多。

报志愿的关键时刻，女孩做出了一个很极端的选择，为了能和男孩在一起，她决定放弃自己心仪的大学，去报男孩想报的那所大学，只为两个人在一起，而把自己的理想抛弃。

她的决定让父母大为恼火，恼火之余，父母开始苦口婆心地劝说，分析利弊，权衡大局，命运的岔路口上一步都不能错，错一步，谬之千里。直说得口干舌燥，心力交瘁，女孩不为所动，心硬如铁，去意已决，决意为所谓的爱情牺牲自己，牺牲前途，放下未来。

她的父亲，一个四十几岁的大男人，威逼利诱，怎么劝说她都不听，明明知道那条路崎岖难走，充满荆棘，若走下去就不能回头，可是说什么她都听不进去，直急得他长叹一声，落下热泪。

她的母亲更是长吁短叹，吃不下饭，睡不着觉，一夜之间苍老了许多。人生之路，关键处就那么几步，考不上那是天分的问题，可是考上了，为了一段昙花一现的早恋小火苗而放弃，将来肯定会后悔的。早恋不过是人生中一朵美丽的小火花，每个人都会遇到，盛开时很灿烂，熄灭时很暗淡，怎么跟女孩说这个道理，她都听不进去。

那几天，家里的温度降到了冰点，每个人的脸上都挂着浓郁得化不开的心事，各路人马，亲戚朋友都被女孩的父母搬来劝说女孩，可是不管大家说什么，女孩都不听，倔强而固执，最后女孩赌气之下，一个人去了南方一所遥远的大学，走时，她撂下一句掷地有声的话：再也不回来了！

事过境迁，早恋的小火苗熄灭了，女孩却因此付出了很大的代价，与自己从小就心仪的大学擦肩而过，虽然事情的结局不是最坏的结果，可是那段心智错乱的选择，那段疯狂迷失的时光，既伤害了父母，也伤害了她自己。

时间仅仅只过了一年，假期放假时，她从南方回来。她又回到早恋之前的样子，开朗，活泼，自信，有幽默感，她的理智回来了，她身上那些美好的素质也回来了，与从前不同的是，她的话比从前少了许多，整个假期都在外面打工，学习，接触社会，接触不同层面的人，她认识了很多各种各样的同龄人，她似乎一下子长大了。

说起那段过往，她笑着说，不走弯路，那叫成长吗？

这句颇有哲理的话让我沉思了许久，每个孩子都走过弯路，我们总是告诉孩子们，有些弯路不能走，我们总是以过来人的经验去阻止他们，可是我们有没有想过，当初父母何曾不是这样阻止我们，而我们听了吗？

当我们用我们的人生经验去阻止孩子们时，他们会听吗？

这真的像一个咒语，像一个怪圈，我们都在这个咒语和怪圈中走着自己的路，用自己的心去感受和认识这个世界，用自己的心去积累和体验人生的经验，哪怕撞到了南墙，也要折回来再重新开始。

有些弯路，是成长过程中的必经之路，别人无法替代你去感受，也无法替代你去生活，所有的选择都是自己的决定，在弯路中积累足够多的经验和能量，才能支撑人生框架，才能一步一个脚印，才能不断成长。

别害怕跌倒，成长就是一次一次地摔倒，一次一次地受伤，不断地摔倒和受伤之后，伤口结痂就是一次次的蜕变和长大，成长是结痂的伤口上开出的一朵美丽的花儿。

张爱玲在《非走不可的弯路》中说：在人生的路上，有一条路每个人非走不可，那就是年轻时候的弯路。不摔跟头，不碰壁，不碰个头破血流，怎能炼出钢筋铁骨，怎能长大呢？

走弯路不可怕，只要在路上走着，哪有不摔跟头的？不碰个头破血流，怎么称其为人生？可怕的是，在一条弯路上走到黑，更可怕的是，走在弯路上却不自知，依然坚持不知道回头。

当我们积累了足够多的人生经验时，就会尽可能地避免走弯路，就会认清哪一条路是我们应该走的路。人生不会一帆风顺，黄河九曲十八弯，历经劫难，最后才滚滚入海。**不管什么样的人生，有弯路做铺垫，有经验做底气，有耐力做考验，什么样的路在脚下都会走得坚实安稳，都会走得顺畅踏实。**

成长是伤口上开出的花儿，而弯路是成长的必经之路，那是成长所必需付出的学费。

因为被原谅，所以原谅

原谅是一个很高贵的词，因为原谅别人需要有一颗善良悲悯的心，因为原谅别人需要智慧和宽容。

朋友们在咖啡馆里小聚，顺路叫上我。

我很少喝那东西，只一杯，就会搭上大半宿的睡眠，因此常常自怨自怜：没有口福。想想那香醇浓郁的口感，却无福消受，不觉中失落顿生。

朋友们轻啜慢品，细细地咂摸着那醇厚的滋味，我却东望西看。临窗坐着一个年轻的女子，长发，白净，斯文，穿着很有品位，一看就知道是个有阅历有故事的人。她一个人慢品咖啡，一边在一台超薄的笔记本电脑上写着什么。

咖啡店里的一个女孩来送咖啡，还没有来得及放下，那个年轻的女子刚好起身，一杯咖啡就那样猝不及防倾洒到她的笔记本电脑上。送咖啡的女孩慌了手脚，脸也白了，额上也出汗了，结结巴巴、语不成句地说："对不起，对不起，我不是故意的……"

慌乱中，她急忙拿起纸巾帮忙擦拭，动作笨拙不成章法，一看就知道是个新手，完全乱了阵脚。

我以为那个年轻的女子即便涵养再好，也会和送咖啡的女孩吵起来的，毕竟是笔记本电脑，哪能随便往上面洒水洒汤？

那个年轻的女子倒是波澜不惊，心平气和地说："怎么这么不当心啊？洒点水也不能种花啊！我这笔记本电脑可贵着呢！以后小心点，你去忙吧！"

送咖啡的女孩眨巴着眼睛不相信似的看着她，不知道她这话是真是假，杵在那儿既不走也不说话，眼睛里渐渐蓄满了泪水。我以为那个学生模样的女孩会说些求饶的话，比如家里尚有老母幼弟需要供养之类，可是她偏偏什么求饶的话都不说。我以为那个三十几岁的年轻女子会把她臭骂一顿，可是她偏偏像什么事情都没有发生一样，处变不惊。

我有些担心，风平浪静的背后，会不会孕育着更大的风暴？比如投诉女孩工作不当心，比如让女孩赔她一台新的笔记本电脑？

可是我猜想的那些事都没有发生，那个年轻的女子笑吟吟地看着女孩说："真的没事儿，我不会去投诉你，毕竟你也不是故意的。"年轻女子又讲了一个她自己的故事：

"我像你这么大的时候，比你还笨，那时候我在南方的一所大学念书，假期去一家餐馆打工，毛手毛脚的，不小心把一盘子菜扣到了一个去吃饭的大老板的身上，人家西装革履，一身名牌，那天若不是人手不够，根本轮不到我去上菜，可是我是轻易不出手，一出手就闯了祸，结果被餐馆的老板骂得狗血淋头，只等着被开除或者被索赔。

我沮丧至极，我挣的那几文钱，哪里买得起那身名牌？可是谁也想不到，那个去吃饭的大老板反倒替我求情：别难为这个孩子了，若不是家里有困难，谁会假期跑出来打工？你看看她，这么小，又这么吃苦上进，将来说不定会有出息呢！”

那个年轻的女子说：“那一次的事，对我触动很深，因为别人曾经原谅过我，所以我也学会了原谅，从那以后，不管遇到什么事情，得饶人处且饶人。因为别人原谅过我，所以我原谅了你，也希望你以后在别人不小心做错事的时候也能原谅别人。”

送咖啡的女孩将信将疑地看着她，再想不到，眼瞅着即将到来的一场风暴或危机，那么轻易地就风轻云淡了。

人与人之间的关系其实是建立在一个平等互谅的基础上的，人生在世，谁能保证自己一辈子不会做错事？谁能保证自己没有一时的无心之失？人际关系实质上也像一个大的链条，每个人都是这个链条上的一环，原谅别人的时候，其实也就是原谅了自己，只有这样，人际关系才会融洽，大环境才能和谐。

原谅是一个很高贵的词，因为原谅别人需要有一颗善良悲悯的心，因为原谅别人需要智慧和宽容。原谅是一种风度，是一种修养，学会原谅，是人生最大的福气。

手机越聪明人越傻

手机依赖症是病，会让人变得越来越傻，得抓紧时间治疗才行。

不能否认，手机的功能越来越强大，越来越方便，越来越快捷，只要有一部手机在手上，好像世上从此无难事儿。手机除了通话功能之外，可以上网，读电子书，看新闻，购物，聊天，玩游戏，甚至买各种车票，订酒店什么的。因此很多人对手机爱不释手，晚上睡觉前扒拉手机，早晨一睁开眼睛就找手机，有道是爹亲娘亲，还真没有手机亲。

早晨起床时，手机就是你的闹钟，准时准点叫你起床，不会误了大事儿。出门不认识路时，手机就是你的导航仪，管它九曲迷宫，有了手机咱怕啥，大不了浪得个“路痴”的名号。闲极无聊时，刷刷微信，逛逛朋友圈，抢抢红包，点点赞。要计算什么时，再也不用数手指头，手机就是你的计算器。有疑难杂症也不用怕，上手机搜索，答案即刻就有。当然从此也不用再费事费力去记朋友熟人的电话号码，电话簿里一目了然，就算患上数字失忆症，那才多大点事儿？

有手机真好，因此很多人患上了手机依赖症，手机24小时不离身，就连上厕所也会带在身上，以备不时之需。说实话，上个厕所的工夫，能有多大的事儿等着你？华尔街股票涨跌？联合国会议召唤？手机一时半会儿都舍不得放下，可不是中了毒了是怎样？

当手机变得越来越聪明，越来越能干，越来越智能，人可不是变得越来越傻了？不管遇到什么事儿，动动手指头当然比动脑子要轻松得多，可是随之而来的副作用也是越来越明显，长时间地盯着手机上的小字儿，人的视力会变模糊，甚至会患上头疼、干眼症之类。越来越不爱交际，越来越不爱与人打交道，哪怕就在身边的人，动不动就发短信、发微信或发电子邮件。长时间地摆弄手机，很多人患上颈椎病，还有医学上称为拇指腱鞘炎的手指痉挛。很多人甚至走路时、开车时都在玩手机，导致发生让人无法接受的意外，让人追悔莫及。当然，也有的人因为有了手机，从此患上数字失忆症；也有人因为有了手机，从此没有好好吃过一餐饭，吃饭时不是接电话，就是玩手机，要不就拍照发朋友圈；更多的人因为有了手机，就再也不能一心一意地去干一件事情，总是心猿意马地想着手机。

手机其实就是手中的一个普通的工具，如果一时一刻都离不开手机，偶尔忘记带手机就像患上了失心疯，心中空空落落，患得患失，不知所踪，不知何往，不知道自己该干什么，那就是患上了手机依赖症。**手机依赖症是病，会让人变得越来越傻，得抓紧时间治疗才行。**

生活的本来模样并不是和手机紧紧地绑在一起的，日子不知怎么过着过着就次序颠倒了，不是手机为人所用，而是人被手机牵着走，手机里时刻提醒的新闻、股票、短信、微信，不瞅瞅心里就不踏实、就不落忍。

生活的本来模样其实并不是这样的，生活还有另外一副模样，天高云阔，从容平淡，更重要的是能专心，能静心。专心地去做一件事情，是一种幸福，哪怕是最普通的吃饭、睡觉、工作，也可以认认真真地做，专心专一地去体会那个过程，可不就是一种幸福吗？

不是所有人都喜欢你

生活在这个世界上，就算你生得灵，长得乖，生有一颗七窍玲珑心；就算你面面俱到，左右逢源，应酬得密不透风，也还是有人会不喜欢你。

生活中，每个人都会遇到你不喜欢的人，或者不喜欢你的人，无一例外。

有一个周末，在街上遇到一个很久没见的朋友，他跳槽去了一家新的公司，听说职位不低，年薪可观。以为他会春风得意，踌躇满志，毕竟不是人人都如他这般好运，谁知他却愁眉不展，眉头紧巴巴地皱在了一起。

原来，他去的这家新公司，诸事都好，偏偏有一个同事喜欢跟他作对，不管他做什么事情，那个同事都会鸡蛋里面挑骨头，看他不顺眼，总是对他冷嘲热讽扬沙子，啰哩啰嗦，令他厌烦不已。

他叹了一口气说，我左思右想，瞻前顾后，觉得自己并没有得罪他，远日无冤，近日无仇，他干吗那么喜欢跟我作对？我说东他会说西，我说左他会说右，处处针对我，我既不是他的竞争对手，也没有在背后放他冷箭，何必搞得像敌人似的？你说他累不累啊？

我也叹了一口气，说，你肯定是误会了，他并没有拿你当敌人，他也不是处处针对你，他就是有些不喜欢你。朋友愣了一下，摇摇头笑了，自言自语道："也是，我和他并没有什么深仇大恨，更不是什么敌我矛盾，以前甚至根本就没有见过面，不认识，更不熟悉，可是我就是想不通，他为什么不喜欢我？"

不喜欢就是不喜欢，哪来那么多理由？

生活在这个世界上，就算你生得灵，长得乖，生有一颗七窍玲珑心；就算你面面俱到，左右逢源，应酬得密不透风，也还是有人会不喜欢你。老话说"一人难当十人意"，也就是这个道理。就算你再努力，也不是人人对你都满意，哪里需要什么理由？

有一句诗写得好：横看成岭侧成峰。对待同一件事情，或对待同一个人，对待同一件器物，因为角度的不同，其看法和结果也会大相径庭。

物以类聚，人以群分。我相信人与人之间是有气场的，气味相投的人会惺惺相惜，会成为朋友，会成为喜欢你的人。反之，则会怒目相向，成为敌人，成为那个不喜欢你的人，讨厌你的人。上天也算公平，给你朋友的同时，也会给你敌人，让你享受友情的欣慰，同时也让你体会生活的磨难。七荤八素，五味人生，才是生活的真滋味。

人生路上，风一程，雨一程，我们会遇到很多的人和事，并不是所有的人你都会喜欢。同理，也并不是所有人都会喜欢你，就算你再怎么为别人去改变，也不会让人人都满意，与其挖空心思地改变自己，迎合别人，还不如干脆就做你自己，做一个个性十足、有棱有角的、你自己喜欢的人。

对待不喜欢你的人，不必刻意去跟人家计较，就像两根永不交错的轨道一样，各自伸向远方，互不打扰，互不干涉，各有各的方向。或者像两条平行线那样，互不影响，互不交集，无限延伸。**把那些不喜欢自己的人发出的声音，当成噪音，别让这些噪音干扰了自己的生活和秩序，让其慢慢淡出你的视线，走出你的世界。**

安心过好自己的日子，不必和那些不喜欢自己的人去纠结，更不必假装喜欢别人，也无须强迫别人喜欢自己，坦坦荡荡，做自己喜欢做的事儿，喜欢自己喜欢的人，人生短暂，用真性情与生活和解，用真性情与生活拥抱，用真性情去生活。

生活是公平的，赐予我们鲜花美酒的同时，也赐予我们苦难和磨砺，给予我们喜欢的同时，也给予我们不喜欢。

滚滚红尘之中，人与人之间讲究的是个缘分，遇到喜欢你爱你的人，当全力回报以喜欢和爱。遇到不喜欢你的人请绕行，又或者擦肩而过，遥遥相望，如此而已。

人生如戏，全靠演技

心累了，就歇息一会儿再上路。路不通了，拐个弯儿也能到达。

如果你是一个男人，你可能是孩子的爸爸，父母的儿子，女人的丈夫，朋友的哥们，上司的下属，下属的上司……

在孩子面前，你可能是孩子心目中的一棵大树，是世上最勇敢、最亲切、最和蔼的父亲；在父母面前，你可能是父母心中最善良、最乖巧、最懂事的孩子，懂事听话，刻苦能干；在妻子面前，你可能是妻子心中最完美、最有情义、最懂爱的男人，遮风挡雨，牵手人生；在朋友面前，你可能是朋友眼中最热心肠、最仗义、最够意思的好哥们，谁有困难，你都会伸一把手；在上司面前，你可能是最能干、最有才的下属，任劳任怨，从不偷懒；在下属面前，你可能是最威严、最稳重、最有能力的上司，运筹帷幄，有条不紊……

如果你是一个女人，你可能是孩子的妈妈，父母的女儿，男人的妻子，朋友们的闺蜜，职场上能干的丽人，家中最利索的主妇……

在孩子面前，你可能是孩子心目中最慈祥、最温柔的妈妈，衣食冷暖，体贴入微；在父母面前，你可能是父母心中最听话、最孝顺的女儿，是父母贴心的小棉袄，知冷知热，温暖可心；在丈夫面前，你可能是丈夫心目中最温婉、最可人的妻子，娇柔妩媚，互敬互爱；在朋友面前，你可能是朋友圈中最热情、最厚道的姐妹，找你诉苦，找你分享，一起说悄悄话儿；在职场上，你可能是独当一面的女强人……

常常听到一句话，说人生如戏，戏如人生。在人生这个舞台上，熙来攘往，上演着一幕幕的大戏，喜怒哀乐、酸甜苦辣、善恶美丑、悲欢离合，高潮迭起，无论演的是哪一出，我们都要努力演好自己的角色，尽心尽力。

每一个人在生活这个舞台上，身上都肩负着许多个角色，为人父母，为人子女，为人夫，为人妻，为人友，日日忙碌，天天操劳，勤勤恳恳地扮演着生活中的每一个角色。有的人演得很成功，工作干得很出色，家庭经营得很美满，人际关系处理得很通达，家庭事业双丰收。有的人就演得不怎么样，工作没着落，家里鸡飞狗跳，一帮子狐朋狗友，除了吃吃喝喝，别无其他。

为什么有的人会把人生的每一个角色都演得很好，而有的人却把自己的人生演得一塌糊涂？究其原因，其实无非就是“责任”二字，心中没有责任感、没有担当的人，当然是什么事情都做不好。

演好人生中的每一个角色当然很累，无论你怎样努力也不会使每一个人都满意，但是演好每一个角色却是你的责任，应当勤勤恳恳，任劳任怨。人生就像一场旅行，沿途的风景不可能永远繁花似锦，也不可能永远花香满径。**心累了，就歇息一会儿再上路。路不通了，拐个弯儿也能到达。**重要的是，不管遇到什么挫折，不管遇到什么困难，你都不能选择放弃，把人生的每一个角色都扛在肩上，不给自己演砸的机会，珍惜眼前，珍惜人生的每一个角色。

为人子，说明尚有父母疼你；为人父母，说明尚有儿女承欢膝下；为人夫或为人妇，说明婚姻存续完好；有同事，说明你还没有潦倒失业；有朋友，说明你人缘好不孤单，如此足已。

别嫌你演的人生角色太多太杂太累，幸福恰恰与你演的这些角色有着千丝万缕的联系，若一朝剪断了其中的某一根，你的幸福就残缺了。若有朝一日齐根剪断，那么你什么都没有了，还有什么幸福可言？

人生是一场修行，最好的时光就是在人生的旅途中，沿途的每一处风景都别错过，别把自己的角色演砸了，唯求无怨无悔，无愧吾心，尽心，尽力。

人生需要演技，演好自己那才是真本事。

不能PS的人生底片

当所有谎言一层层剥落之后，裸露出来的，是丑陋的真实。

有一个女孩，学历中等，家境一般，原本对人生没有太大奢望，上班下班，吃饭睡觉，逛街聚会，偶尔谈谈恋爱，生活虽平淡如水，倒也波澜不惊，闲时喜欢上上网泡泡论坛，偶尔当当微信控。

偶然的机会，她闯入了一个交友网站，上面有很多会员都贴出了自己的生活照，她一冲动，把自己的照片也贴了出来，结果招致了一大堆的口水和板砖：有的人批评她发型老土，有的人批评她妆容太浓，还有人批评她衣服样式过时，甚至还有人根本什么理由都没有，上来就开喷，这么丑的照片也敢往外贴，出来吓人就是你不对了。

她没有想到，一张照片会引起如此大的反响，沮丧，懊恼，心中烦乱不堪，再看看别人的照片，果然靓丽动人，从衣服到发型再到光影效果，一点瑕疵都没有，恍如完美人生。她更加郁郁寡欢，做什么都打不起精神来，自己的生活本来与别人就没有什么可比性，偏偏自己喜欢凑热闹，结果弄成现在这样难堪的境地。

和朋友闲聊，说起照片的事，朋友大笑不止，骂她：傻丫头，你以为那些照片是他们的真实生活写照？那些都是经过PS的图片，所以才会那么完美，现实生活中，也许他们的生活还赶不上你我呢！有什么可郁闷的？大多数人都是你我这样平凡庸常的人，有几个是仙女？

她如梦初醒，原来照片还可以通过PS修改，无怪乎那些照片看上去那么美丽动人，那么完美，原来早已不是原汁原味的。从此她开始学习Photoshop教程，刻苦钻研，并且很快掌握了一些技巧，后来，再贴到论坛上的照片，大多都收获了鲜花和掌声。

经此一役，她变得乖巧了，似懂非懂地明白了一些道理，那就是，没有经过前期处理的东西，一定不能急于呈现在别人眼前，否则会让自己措手不及和难堪。她迷恋上了PS，小到图片，大到人生，再也不会那么死心眼儿，傻兮兮地把原原本本的东西原封不动地端上来。

别人给她介绍了一个男朋友，她有些喜欢那个男孩，无论是人品，工作，还是长相，都很出色，都在她之上，她有些忐忑不安，拿不准那个男孩到底会不会喜欢她。夜里辗转反侧，想到自己是那么平凡的一个女孩，那么不起眼，丢到人堆里就找不到了，那么优秀的男孩怎么会喜欢自己？她不由得轻轻地叹息。

不想舍弃，结果她选择了另外一条加速灭亡的道路，刻意地PS自己的人生履历，比如刻意拔高毕业的学校，比如出生的家庭，毫不迟疑地粉饰一番，为了配合自己的身份，她甚至还借钱买了车和昂贵的衣饰。

如此浓墨重彩，高调出场，除了自己短暂地陶醉了一小会儿之外，事情很快真相大白。被PS过的人生，早已是漏洞百出，只几个回合，男孩就看出了破绽，他有些惋惜地说："本来我是很喜欢你这种类型的女孩子，安静，内敛，虽然不是很漂亮，但五官细致，像空谷里的一株不起眼的花。可是你又太过虚荣，太过矫情和粉饰，搬起石头砸了自己的脚，一个人连自己都无法面对，又怎么希望别人就一定能面对？"

男孩转身走了，头都没回，除了不屑，毫无留恋之意。她垂下头，埋得很深很深，不知道是懊悔，还是反省。

都说吃一堑长一智，谁知道她并没有从中汲取教训，相反，却认为是自己做得不够好，PS技术不过关，才会导致如此后果。后来跳槽的时候，她把简历制作得相当完美，拿着这份精美的简历去应聘新工作。只有一份相当的工作，才能证实自身存在的价值，她为自己的想法付诸实际行动，而且非常努力。

被PS过的简历，简直就是撒手锏，几乎没有费什么力气和周折，就找到了一份相当不错的工作，可是好的工作也需要相应的能力去匹配，没有能力，什么都是白扯，谁是听你忽悠长大的？几个回合下来，她理所当然地被淘汰。

当所有谎言一层层剥落之后，裸露出来的，是丑陋的真实。

从PS图片开始，到后来的PS人生，她弄丢了平凡的生活和工作，弄丢了喜欢的人，把自己推向无尽的虚空。一个人，如果不能面对自己，何谈面对人生？面对社会？纷繁的人生，充满了不安和变数。一个人，不能因这些动荡的变数而改变，不管什么样的自己，丑陋的也好，美丽的也罢，都能真实平静地面对，正视自己的美丽与丑陋，那么你的人生就成功了一半，然后不停地努力，不停地奋斗，终有一天你会成为最好的自己，越努力越幸运，越努力越美丽，人生才能由丰盈渐渐走向成熟。

当小抑郁不请自来

抛开小抑郁，重新定位自己的人生坐标，别伸手去够那些踮着脚尖仍然够不着的东西，全情出演你自己，还有什么可抑郁的?

现代都市像一个巨大的齿轮，一环扣一环，滚滚向前。每个人都是城市这个庞然大物上的一个小齿轮，位置精准，坐标精确，咬合到位。如若不小心出了差错，后果可想而知。紧张忙碌的生活，竞争激烈的职场，不能懈怠，不能喘息，甚至不能生病，任何的一点偏离都会出现意想不到的后果。

每一个都市人都生活得很辛苦，不管是有钱的还是没钱的。没钱的为钱奔波，抱怨物价涨得太快；有钱的为钱烦恼，日夜担心这钱别被人算计去了。学生从小学一年级就开始担心，大学毕业后找不到工作怎么办？就连全职太太也在担忧，如果自己的位置不幸被小三取代，连一平米的房子都分不到，将来如何是好？还能不能将自己全身心地交付给家庭和男人？

每一个都市人都很忙，忙到没有时间寂寞，忙到没有时间生病，忙到没有时间休闲。忙着学习，忙着充电，忙着工作，忙着赚钱，忙得昏天暗地。如果你问人家，寂寞吗？被问的人，一准笑话你：脑子进水了还是抽筋了？谁有时间寂寞啊！忙都忙死了。对花感叹，对月长吟，对风流泪，那是小资们小清新们才干的傻事儿。

没有时间寂寞，不代表不会抑郁。

也许是午夜，月华如水，四周静寂，偶有虫鸣犬吠，一个人在灯下看书或上网浏览的时候，有一种叫抑郁的情绪忽然来访，没有防备，措手不及，正好撞了个满怀。老僧入定般傻傻地坐在那里，忘记了手里的事，只觉得丝丝缕缕都是惆怅，绵绵密密都是心烦，跌跌撞撞地爬上心头，抵挡不住抑郁来袭，小抑郁像一个不速之客，让人慌张和措手不及。

也许是午后，阳光铺满一屋，窗外滚滚红尘，窗内静谧安宁，手里正忙碌着什么事情的时候，抑郁不请自来，没有心情做事，烦躁不安。不见得人家比自己多努力，却比自己升职快；不见得人家比自己多勤快，却过得比自己幸福。缠在一大堆的不甘心里，满满都是解不开的心结儿，其实“不见得”这三个字的背后才见真功夫，而我们往往只是与自己较劲。

也许是黄昏，人流如潮，行色匆匆，裹挟在人群之中，脚步纷乱地赶往某一个地方，忽然就会有一种叫孤单的感觉潜心入怀。越热闹的地方越孤单，这是现代人的通病，内心世界有一个小小的死角，门窗紧闭，别人进不来，自己也走不出去，这叫堤防，这叫安全感，极度缺乏安全感的人必然会深度孤单，内心寂然。

深度抑郁那是抑郁症，是一种疾病。小抑郁只是紧张的生活工作压力之下，一点小小的不开心，一点小小的不快乐。这种时候，千万别硬挺着，放下手里的事，和家人一起去旅行，去一个陌生的地方，吃小吃，看风景，逛民俗，把不开心、不快乐、小抑郁都丢到沿途的旅程中，回来的时候，打开行囊，会发现，背包重了不少，心情轻松了许多。

当然也可以选择听听音乐，选择一些轻快美妙的音乐，泡一盏清茶，一个人闭着眼睛，轻酌慢品，把烦恼忧伤和莫名的心事不着痕迹地化解掉。

当然，必要时也可以嚎几嗓子，也可以得到缓解和释放的作用。最不济也可以找三两知己好友聊聊天喝点小酒倒倒苦水，聊聊爱人的婆婆妈妈琐琐碎碎，聊聊孩子的调皮捣蛋不听话，聊聊上司的近乎苛刻不近人情，或者聊聊明星八卦娱乐大众。

都市生活看上去五光十色，流光溢彩，其实生活在都市里的人都知道，那是表象，不是内里。生活的真实含义是什么？首先是生，把生命延续下来，这是本能。然后才是活，正所谓，生下来，活下去。这世上只有一种成功，就是能用自己喜欢的方式度过一生。

上司有了情人你别羡慕，朋友住了别墅你也别动心，好友当了大官你也别流口水，不是吃不到葡萄说葡萄酸，谁比谁幸福还不一定呢！

抛开小抑郁，重新定位自己的人生坐标，别伸手去够那些踮着脚尖仍然够不着的东西，别被繁华的都市生活迷了眼睛，别在强大的磁场中迷失了自己，别让理想偏离了轨道，全情出演你自己，还有什么可抑郁的？

真心话大冒险

说真心话也要讲究分寸和尺度，也不能什么都说，信口开河，否则伤了别人，自己还不知道。最重要的是，你伤害的，都是自己生命中最重要的人。

朋友小苏做点小本生意，一不小心被人骗了几万块钱，本来也没有什么大不了的，几万块钱也不至于倾家荡产，也不至于上吊抹脖子，可是他老是觉得心中郁闷，如鲠在喉，有焦虑和抑郁的倾向，回家跟老父亲叨叨，说自己也太大意了，怎么那么不小心，犯了这般低级幼稚的错误。

小苏的父亲不紧不慢地喝着茶水，看着报纸，安静地听着小苏唠叨，末了，小苏的父亲不紧不慢地说了一句话，结果小苏的心情非但没好，反而比先前更加郁闷了，一个人跑到小餐馆里喝得酩酊大醉。

你道小苏的父亲说了句什么话？小苏的父亲说："你一向都是用脚指头想问题的主儿，和你合作的那个家伙，一看就是贼眉鼠眼的，不是什么好东西，再说做生意哪有那么大的利？你也不想想，我要是你，早撞南墙去了，还做什么生意？我绝对不会犯你这样的低级错误，吃一百个豆不知道豆味，这不是钱多钱少的问题，这是智商和能力的问题。”

小苏的老爸说的都是真心话，父子俩有什么可掖着藏着的？吃一堑长一智，年轻人吃点亏还不得学乖点？所以骂他几句还不长点记性。只是这真心话太伤人，小苏非但没有寻到安慰，反倒被刺伤了，而且伤得不轻。

邻居小两口新婚燕尔，每每下楼，在小区的广场上也不避讳，大秀恩爱，可是没过多久，就战火不断，起因是女人跟男人说话毫无顾忌，全是真心话大冒险。女人说：“你还是男人不？麻烦你以后不要检查我的手机了。”男人恼羞成怒：“我怎么就不是男人了？不就是看了你手机一下吗？有什么了不起的。”

隔了几日，听到隔壁又传来对话，女人说：“我乐意，我就喜欢这件衣服，怎么了？难看也不用你看，你管得着吗？反正我挣钱比你多，想买什么就买什么。”男人说：“你瞧不起我？我不就是挣得比你少点吗？并不代表我一辈子都比你差。”

妻子对丈夫说的也是真心话，只是这真心话像锋利的小刀，削掉了男人那点可怜的自尊，男人很受伤，没过多久，两个人就离婚了。

朋友小琳花了不菲的价钱买了一件心仪已久的名牌风衣，挣工资的她买名牌本就不是什么明智的选择，第二天兴高采烈地穿了新衣去上班，她的同事小赵快人快语地对她说：“这件衣服不适合你，颜色老气就不说了，也不是物有所值，真心不值得买。”

小琳听了，气得脸都绿了，心情坏得一塌糊涂，隐忍了半天，才把郁闷和不快忍了回去，终于没有说什么，但自此以后在心中结下了结，对同事小赵有了不一样的想法。

其实小赵说的也是真心话，一件衣服不会因为你喜欢就适合你，并不是最贵的就是最好的，可是她的真心话像一桶凉水，把兴高采烈的小琳浇成了落汤鸡。

有一个非常热门的游戏叫“真心话大冒险”，可见说真话是一件非常冒险的事情，一不小心就踩到了地雷，所以人们说话多半都会违心，有些人之所以会八面玲珑，游刃有余，多半是因为不说真心话。

这世间，能够说真心话的人并不多，无非是亲人之间，朋友之间，情侣之间，夫妻之间，同事之间，都是平常关系较密切的人。**说真心话也要讲究分寸和尺度，也不能什么都说，信口开河，否则伤了别人，自己还不知道。最重要的是，你伤害的，都是自己生命中最重要的人。**

很久以前曾经在网上看过一个小段子：真实和谎言一起去洗澡，谎言先洗好，上岸穿走了真实的衣服，真实却不肯穿谎言的衣服；从此，世人只肯相信美丽的谎言，却不肯相信赤裸的真实。

看罢不禁莞尔，莞尔之余不禁思量，真实和真心话虽说都是同一个意思，但究其本质上还是有区分的，“真实”是做人的原则和信条，这是一个大的概念。而真心话却是有选择对象的，不对别人说真心话不代表要骗人，因为人与人之间的距离有差别，所以说真心话的程度不一样。

真心话本是暖心暖肺的肺腑之言，可谓良言一句暖三秋，千万别用真心话伤害你最亲近的人，有时候，真心话说得不恰当也很伤感情。说话是一门技巧性很强的艺术，在不伤害别人的前提下，本着自己的初衷和信念，把说话的艺术发扬光大，才是真正的语言艺术的高手。

另外一种贫穷

没有多少钱的人，也不一定真的很贫穷，生活充实，看书阅史，种花植草，怡然自得，所以相对于那些精神上赤贫的人，还是富有的。

偶尔坐公交车，车上总是人满为患，像装满沙丁鱼的罐头。一个穿戴整齐的少妇，头发烫得弯弯的，眉眼清晰，着实有几分韵味，坐在后面靠窗的位置上。她旁边的座位上坐着一只白色的卷毛小狗，小狗穿着漂亮的小鞋子，狗毛显然被修剪过，十分可爱。有人问她，可不可以把小狗抱起来，给他让个座？妇人杏眼圆睁，质问人家：有没有爱心啊？让一只小狗给你让座？

去餐厅吃饭，旁边两桌不知怎么就比上阔较上劲了，你点了山珍，他点了海味。你点了海参，人家点了鲍鱼。你点了茅台，人家点了洋酒。你划卡结账啊，人家满兜子里都是现金。有什么了不起啊？不就是钱吗？咱有的是。要了满满一桌子，没吃几口，走人了。

去一个土豪家里作客，这哪里是家啊，简直是一个金窝，那厨房豪华得一点油烟都没有；那客厅敞亮得都能当运动场了；那卫生间里的浴盆，快赶上人工湖了；最让人羡慕的是书房，墙上是名人字画，书柜从地板一直通到天蓬，那书多得令人肃然起敬。怯怯地问土豪：“这些书都看过吧？你可太有学问了。”人家笑说：“哪有那闲工夫啊？挣钱都挣不过来呢！”

生活的确越来越富裕了，衣食住行都有了着落。衣，不仅仅局限于保暖遮羞的基本功能了，开始讲究时尚、品位、好看。食，不仅仅局限于果腹吃饱的境界了，开始讲究营养、美味、健康。住，不仅仅局限于遮风挡雨的狗窝了，开始讲究宽敞、豪华、格调。行，不再是驴车马车自行车而是有了汽车，开始讲究速度、品牌、款式。

不再为衣食住行发愁，不再为生活发愁，不再和贫穷恋战，可是我们仍然能看到一些穷人，穿着名牌衣饰，吃着山珍海味，住着豪华别墅，开着高档汽车，可是要么不说话，一说话就露怯，一张口就比谁的房子多，比谁的情人多，比谁的头衔多，比谁的关系多。

哪儿地震了，跟他们没关系；哪儿海啸了，跟他们没关系；哪儿有难了，跟他们没关系。什么亲戚啊邻居啊，跟他们都没有关系。当然，街边磕倒一个老太太？那就更没有关系了。

什么跟他们有关系啊？挥金如土，攀富比贵，醉生梦死，这些都跟他们有关系，有钱要花在刀刃上，没关系的事情谁做啊？

他们不是装穷，是真穷，穷到骨头里了，有事别找人家，找了人家也不会帮你，因为人家跟你没关系。

有的人有钱了，依然很穷。有的人没有多少钱，却很富有。

有的有钱人在挖掘财富创造财富的过程，不择手段，吃过苦受过伤，出过血流过汗，哪怕后来挣再多钱，穿再光鲜的衣服，都包裹不住灵魂深处的欠失和挣扎。

没有多少钱的人，也不一定真的很贫穷，生活充实，看书阅史，种花植草，怡然自得，所以相对于那些精神上赤贫的人，还是富有的。

也许有人会不屑于这种观点，觉得只有物质赤贫的人才会发出这种穷酸的调调，其实不然。什么是人生中最重要的？杨绛先生说，人生最曼妙的风景是内心的淡定与从容。那是历经岁月洗礼、熬过人生沧桑之后的真正的优雅。

当烂好人的代价

当烂好人是要付出代价的，假若不想盲目当烂好人，那么请学会说不。

生活中，很多朋友都有过这样的经历，对于亲朋好友同事上司甚至陌生人提出来的要求，碍于情面不好意思说不，不管自己能不能做到，不管自己愿不愿意做，不管大事小情，只要别人开口，就千篇一律地答应下来，然后，对于那些做不到的事情，心中像背负了一座大山一般，压得人透不过气来，吃不下，睡不着，辗转反侧。

一个朋友，她大学同学到另一个城市出差，路过她居住的城市，打算做短暂的停留和观光，打电话给她，当时她重病在身，正躺在医院里。接到电话之后，她本想说不，可是却怎么都说不出口。

好多年不见，人家好不容易来一趟，不尽一下地主之谊，实在有些说不过去。她挣扎着从医院里跑出来，去机场接人，安排食宿，然后陪吃陪玩儿，整整忙活了三天，可是同学走后，她回到医院里，病情加重，被医生臭骂，说她不配合治疗，很有可能会留下后遗症。她的眼泪在眼圈里直打转，强忍着才没有掉下来，她也恨自己不会说不。

另外一个朋友，是家中长姐，父母去世得早，弟弟妹妹都是她一手带大的。弟弟妹妹上大学时，她也结婚了，有了自己的小家。弟弟妹妹都习惯于依赖她，没有钱花了，打电话跟她要；没有衣服穿了，打电话跟她要；没有东西吃了，也打电话跟她要；甚至假期出门旅游，也要跟她要钱。

那时候她自己的孩子也上学了，家中也是处处需要钱，生活拮据，可是她却无法开口对弟弟妹妹们说不。起初，她的老公试图跟她沟通，说：“你劝劝弟弟妹妹们节省些，不该花的钱别乱花。”她不语，沟通未果，后来他开始跟她吵架，再后来跟她闹分居，实行家庭ＡＡ制，再后来他跟她离婚了，她有些后悔，可是木已成舟。

还有一个朋友，他在一家中等公司里上班，除了分内的工作，本来不该他管的事情，上司也会分配给他做，他忍气吞声，不好意思拒绝。有一次，单位里的烂尾账，谁都要不回来，上司居然派他去。

他本来就不擅长人际交往，更何况要钱这么大的事情，他心中也没底，一个人跑到对方的单位，也不知道说什么好，人家公司经理不管去哪儿，他就跟去哪儿，最后把人家惹烦了，经理的跟班把他打了个乌眼青。

回到公司，上司非但没有表扬他，而且还挖苦他：“你没有那金刚钻，就别揽那瓷器活儿，耽误我的大事儿，你收拾收拾东西回家吧！”他居然被公司开除了，回到家里，他越想越窝囊，后来一病不起。

还有一个女孩，长得虽不是十分漂亮，但非常有气质，温文尔雅，追她的男人虽然不多，但也有那么几个。其中一个男人十分钟情她的温柔，可惜她对他却没有什么感觉，可是大家是世交，彼此都很熟，她不好意思开口对他说不。

两个人的关系一直就那么模棱两可，说不清道不明，含含糊糊，她以为他会知难而退，谁知他却锲而不舍。后来她遇到一个男人，义无反顾地爱上了，虽然条件没有那个世交那么好，可是缘分这东西，来了挡不住。这个世交一看她跟别人好上了，就忘了风度，死缠烂打，纠结不放，最后硬生生把他们拆散了，她气恼不已，可是又能怨谁呢？

生活中，这样的事情太多了，朋友跟你借钱，你不好意思说不。上司让你加班，你仍然不好意思说不。甚至就连一个大街上的陌生人的请求，你都不好意思说不。

当烂好人是要付出代价的，假若不想盲目当烂好人，那么请学会说不。本着不伤害别人的前提，尽量巧妙而委婉地拒绝别人，即使是拒绝也要让别人觉得心中舒坦，理所当然，那才是高手所为。

有时候，拒绝其实是一件十分简单的事情，行就行，不行就说不。可是很多人在拒绝别人的时候，碍于人情世故，碍于情面，常常弄得像欠了别人什么东西似的，千回百转，绕来绕去，顾左右而言它，拒绝这两个字就是难以说出口，让别人对这件事情还抱有幻想，其结果，只能使事情走向反面，背离初衷，弄得更加糟糕，明明是别人有求于你，结果却变成了你亏欠别人的。

人际交往中，简单，直接，往往是最有效的。记得一部电影中有一句经典台词：“**要想不被别人拒绝，你最好先拒绝别人**。”别人要求你的，你做不到，最好是先拒绝别人，如果人家理解，还可以继续交往，继续做朋友；如果人家不理解，这样的人生气就生气了，走了就走了，也没有什么值得交往的。

当好人和当烂好人不同。当好人，别人会心存感激；当烂好人，需要自己付出代价。对于别人合理的要求，你做不到时，可以温和地说不。对于别人不合理的要求，你做不到时，可以坚定地说不。

何必羡慕别人，自己就是幸福

我们比较别人的生活时，眼睛总是向上看，参考系数总是最大化，以仰望的姿态，参考那些至少看上去比你幸福、比你快乐的人。时间久了，脖子就会酸。

台湾著名漫画家几米说：一个人总是仰望和羡慕别人的幸福，一回头，却发现自己正被仰望和羡慕着。其实每个人都是幸福的。只是，你的幸福，常常在别人的眼里。

细想想，觉得很有道理，现实生活中，我们总是自觉或不自觉地羡慕别人的生活。

男人通常会羡慕那些事业上比自己成功的人，也不见得人家比自己聪明多少，可是人家就是成功了，仕途也好，“钱途”也罢，要什么有什么，人前风光，人后显贵，就算娶个太太都比自己的老婆聪明漂亮、体贴温柔，真是同人不同命啊！

女人通常会羡慕那些家庭上比自己幸福的人，也不见得人家比自己漂亮多少，可是人家真的很幸福，孩子乖巧，老公能干，都一样嫁做人妇，人家怎么就那么命好？生活滋润丰盈，衣服比自己多，首饰比自己贵，孩子比自己的听话，自己怎么就没有抓一张好牌在手里呢？

老人们通常会羡慕别人的儿女有出息，年纪一大把了，当然不会羡慕那些不着边际的东西，老之将至，儿女有出息才是最靠谱的事儿。也不见得人家就比自己懂教育，可是人家的孩子真的很有出息，读大学，考研，读博，留学，回国后身居要职，怎么自己的孩子就是那一个扶不起来的阿斗呢？

生活中，我们总是在羡慕别人的生活，总觉得别人都比自己幸福，因为**我们比较别人的生活时，眼睛总是向上看，参考系数总是最大化，以仰望的姿态，参考那些至少看上去比你幸福、比你快乐的人。时间久了，脖子就会酸**。

生活在这个世界，没有谁的生活是值得我们羡慕的，每个人都是宇宙空间里的小行星，都有自己的预定轨道和生活方式，都有自己的气场和空间。你不可能成为别人，别人也不可能成为你；你的生活别人不能复制，别人的生活也不一定适合你。过好自己的生活才是最现实的事儿。

那些事业成功的人也不见得就没有烦恼，他们要承受比常人多得多的负担和压力。你看到的是凤凰涅槃后飞翔的姿态，你没有看到的是涅槃过程中的隐忍和磨难。你看到的是人前的风光与显贵，你没有看到的是成功过程中的辛苦和操劳。大起大落的人生，还需要更为坚强的心理承受能力。

那些家庭幸福的女人也不见得就没有烦恼，风光鲜亮总是在人前，人后一样会因为这样或那样的事情而劳心生气，一样会吵架，一样会有矛盾，谁都不是活在真空里。你羡慕她的老公有地位，会赚钱，风光无限；她却羡慕你的老公体贴能干会烧饭，能天天待在家里或陪你逛街，当你的情绪垃圾桶……

千万不要拿自己的儿女和别人比，人生各有际遇，天赋因人而异，你羡慕人家的儿女漂洋过海，做大事，挣大钱，人家却羡慕你的儿女近在咫尺，端汤奉茶，尽孝道、享天伦。人生的事儿难两全，别人的生活未必是你想要的生活。

这世间没有任何两片树叶的纹理是一样的，幸福与幸福也不尽相同，没有一个人的生活会和别人的重复，我们在仰望别人的幸福的同时，别人也是以同样的姿态回望我们。没有谁的生活值得羡慕，没有谁的幸福值得羡慕，过好自己的生活才是本位，才是重中之重，千万别丢了西瓜拣芝麻，得不偿失。

当我放过自己的时候

最让人疲惫的，不是山高水长，路途遥远，而是心中无法释怀的苦闷和负重，是你心中背负着永远的昨天行走在路上。

搬家以后，我居住在一所大学家属院的小区内，房子虽然不新，但环境很好，小区干净整洁，树木葳蕤，花草繁茂，邻居也温和有礼，谦让关爱。

每天早起，在小区的广场上，跟着一些退休的老教授学打太极拳，兴许是心中杂念太多，所以怎么学都学不好，怎么学都学不像。

教大家打太极拳的退休老教授已经八十多岁了，鹤发童颜，看上去至多也就七十多岁的样子，身体灵活，身形飘逸，姿势俊美到位。

他看我急切的样子，安慰我说，打拳时应放下心中一切杂念，全身心地投入，做到物我两忘的境界，方能游刃有余。

我慢慢品味着“物我两忘”这几个字，说起来容易，做起来难啊！我问他是怎么做到的，他笑着说，**心中的杂念，往往是背负了太多的过**

往而不能放下，所以才会身心疲惫。谁敢说自己心中没有几件放不下的陈年旧事？

老教授年轻时的理想是当一名军人，英姿飒爽，戍边卫国，结果却阴差阳错当了一名教师，虽然教书育人也是一件很光荣的事情，可是和自己的理想总有那么一点点差距。这一生没有当过兵，弃武从文，成了心中一道不深不浅的伤，一直让他耿耿于怀。

年轻时他也曾谈过一场惊天动地的恋爱。他和她是同学，天长日久，情愫暗生，只因为她家的条件不好，父母反对，朋友反对，大家都反对，他看着她在梨花树下流泪，却无能为力，最后她去了别的城市，从此天各一方，再也不曾相见。他曾无数次拷问自己：当初为什么就不能勇敢一点？

他说，年轻时也曾有过一次机会，能帮助别人而没有尽全力，一个学生因为恋爱问题，把成绩弄得一团糟，不仅挂科，而且补考也没有过，最后把他的父母请到学校里，那个学生想不开，自杀未遂，但留下残疾。这一切原本是可以避免的，因此心中时常纠结，让他难以释怀。

年轻时从来没想过健康对自己有多重要，肆意挥霍健康资本，熬夜，喝酒，抽烟，不吃早餐，无所顾忌，结果人到中年以后，身体每况愈下，才知道有一个健康的身体，简直就是一笔无形的财富，虽然知道后悔无益，但还是一直在后悔。

年轻的时候一直想把父母接到身边来住，可是每次提出来，都被父母否定，最后这个心愿不得不被搁置，等到再次想到这个问题，回到故乡时，父母已经不在了，永远不可能有再相聚的一天，这个愿望成了心中挥之不去的疼痛。

一辈子，谁没有几件事情搁置在心底？可是再后悔，也不能背负那些事情走一辈子。人的痛苦多半来源于记性太好，不如边走边丢，把那些牵绊负累丢在身后，才能更好地前行。

老教授的话温润如水，让我陷入了沉思。

最让人疲惫的，不是山高水长，路途遥远，而是心中无法释怀的苦闷和负重，是你心中背负着永远的昨天行走在路上。一些事情过去了就过去了，一些人离开了就离开了，没有什么不能舍弃，背负着昨天去追赶明天，脚步注定会沉重忙乱。

累了，就停下脚步，歇一会儿再上路。倦了，就舒展肢体，睡一觉再上路。困惑了，就坐下来，梳理一下纷乱的思绪再上路。伤心了，就找一条毛巾，擦干眼泪再上路。受伤了，那就舔干伤口的血再上路。

人生本来就是苦的，每个人生来都要面临生老病死、爱恨别离、贪嗔痴怨。物质上的欲念，情感上的纠结，精神上的苦闷，生活上的疲累，索而不得，便背负在心中，不能如愿，也背负在心中，越积越多，越积越沉，最终被压得透不过气来。

可是我们生来不是为了受苦，我们要在苦的生活中，找到甜的真谛，找到快乐的方向，找到自己的活法，顺其自然，享受生命的美好。

一辈子不长，错眼间，时光已逝，不管是无限风光，还是坎坷崎岖，都将成为过去，都将成为历史，什么都无法留住。真的没有必要和自己过不去，没有什么是放不下的，你又不是大力神，背负着昨天去追赶明天，那还不压死你？唯有轻装上路才是人生最好的选择。

第三章／还是要相信爱，还是要热爱

太过纯粹完美的东西，总是容易偏执和极端。一路走，一路丢，不要忘了好好爱自己。

先爱自己，再爱人

爱固然很重要，但不是人生的全部，爱若没有了自我，就是丢失自己的第一步。

女人似乎天生就比男人少根筋，如果人生用三七开来划分的话，男人会把七分精力用在事业上，三分精力用在家庭上。事业是男人的面子，没有事业，再硬气的男人，走到人前也会自觉比人矮三分。女人则不同，爱情家庭就是她们一生的事业。十分的精力，会有七分都用在家庭上，一头扎进去，八头牛都拉不回来。

小艾年近三张，终于在青春的边缘寻到一份弥足珍贵的感情，常人眼里本是一个再平常不过的男人，可是在她的眼里比钻石还珍贵，单从她看他的眼神，就能体会出其中的含糖量，已经甜到100度。

她的母亲本是不同意这门亲事的，嫌他只是一个普通的小职员，贫穷拮据，小家小气。但小艾哪里听得进这些话，飞蛾扑火般放弃了自己的事业，放弃了自己的爱好，帮他办公司，跟着他吃苦受累，打理家务，照顾孩子，她做得兢兢业业，没有半分怨言，唯一的理由就是她爱这个男人，为自己所爱的男人做点事儿错了吗？当然没有错，只是她在做这些事儿的时候，全身心付出的时候，全身心爱着的时候，唯独忘记了自己，忘记了留一点爱给自己，忘记了留一点空间给自己呼吸。

几年之后，她变成了一个眼睛里只有丈夫和孩子的女人，容颜憔悴，美丽不再。她的口头语是：我老公说应该这样，我儿子说应该那样，而她自己呢？她已不再有自己独立的思想和考虑问题的能力，老公是她的天，儿子是她的地，家是她的港湾，唯独把自己丢失了。

又几年之后，男人不停地打拼，事业一步步稳定下来，趋向成功，开始讲究品位和优雅，开始讲究身份和匹配，当然对于女人的付出，他很感激，也很内疚，然而仍然不可避免地传出桃色绯闻。

小艾知道之后，哭过一场，从此便和祥林嫂攀上了亲戚，一副苦大仇深的模样，终日里遇到人就说，那个男人不长良心，我为他付出那么多，放弃那么多，为这个家辛苦操劳，竟然换不来他的一颗真心。

爱情是一场盛宴，感性的女人明知是毒药，却偏偏一饮而尽。傻巴巴地爱别人，爱得丢失了自己，试想一个男人会喜欢聪明优雅得体的女人，还是会喜欢一个只会干活的黄脸婆？男人需要的不是一个能做满汉全席的厨师，而是一个能和他平行前进的妻子。

如果当初留一点爱给自己，留一点空间给自己，必定不会是现在这个样子。

不要轻易地以为，他以前爱你，现在爱你，就会永远爱你，不做任何改变，不做任何努力，就会一劳永逸，不管到什么时候，这个世界上都不会有一成不变的事。

聪明的女人，除了爱别人，也会留一点爱给自己，舍得花时间给自己买几件喜欢的衣服，懂得在午后的时光里独自享受一下小寂寞；聪明的女人，不会轻易地放弃自己的喜好，不会轻易地舍弃自己的原则；聪明的女人，有自己的事业，有自己的朋友，有自己的圈子，有自己的独立空间，不断地充电完善自己，保持一份从容平和的心态。聪明的女人，不会用卫星定位电话监控男人的行踪，更不会检查男人的公文包；聪明的女人优雅从容，举重若轻，用一只眼睛看住老公别犯错，用一只眼睛看着这世界的精彩纷呈，活得有滋有味。

在男人的眼里看来，一个有魅力、神秘感、新鲜感的女人，是能经得起时间的考验的，在年深日久的岁月里，能够一起风花雪月，能够一起家长里短，赏花品茗，柴米油盐，方不辜负美好人生。

一个各方面都努力做到最好的女性朋友说，聪明的女人不会把人生的目标紧紧锁定在一个男人身上，**爱固然很重要，但不是人生的全部，爱若没有了自我，就是丢失自己的第一步。**用一只眼睛看住你爱的男人，用另外一只眼睛看世界，活出自己的精彩，活得美丽惬意从容，才是明智之举。

宁缺毋滥还是宁滥毋缺

假如用这两者做比较，宁缺毋滥似乎更值得赞赏，都说好饭不怕晚，哪怕这份爱姗姗来迟，也值得等待。

你能想象吗？一个女子过了28岁，还没有真正地谈过一次轰轰烈烈的恋爱，这是不是一件令人遗憾的事情？

薇安便是如此。

你千万别把她想象成歪瓜裂枣一类的丑女，或者处境难堪、穷途末路之类，她真的不是。薇安家境良好，受过很好的教育，工作稳定，长相就算不是顶级的大美女，也是纤秀端正，皮肤白皙，当之无愧的小家碧玉。她是父母心中的宝贝，掌上的明珠，是朋友眼中那种温柔的传统女子。

从中学到大学，一直到参加工作，她是一直都对自己要求很严格的那种女孩，安分，理性，知道自己想要什么，所以她考上了自己心仪的大学，找到自己满意的工作，而且年薪不菲。按说这么优秀的女孩是剩不下的，可是她真的被剩下了。

上高中时，看到隔壁班的男生在操场上打篮球，她也曾心跳过，疯狂地迷恋过，迷恋那个男孩的青春洋溢和干净的眼神，迷恋那个男孩三步上篮的洒脱，可是迷恋终归是迷恋，连暗恋都称不上，最后毕业，风云流散，大家再没有遇见过。

然后她上了心仪的大学，安好的午后时光里，她经常在图书馆遇见一个大男生，他常常静静地蜷在一个角落里看书，阳光照进来，他的侧影在光线中，清晰的轮廓竟然有些朦胧的诗意。那是个长有一口小白牙的男生，偶尔会冲她笑一笑。她会迅速避开他的目光，然后在没人的夜里，一个人慢慢地咀嚼。

一路考研读博，毕业后，她顺利进入了一家五百强公司上班，因为竞争激烈，她一丝不苟，不敢有丝毫懈怠，生怕一不小心马失前蹄，之前所有的努力都付诸东流。

一步一步，她从没有出过什么差错，升职加薪，什么都有她的份儿，唯独让人遗憾的是，没有在最好的时光里谈一场天荒地老、刻骨铭心的恋爱。

开始不断地有人给她介绍男朋友，她见了很多个，却没有一个能让她动心的。有事业有成的职场精英，可是那满脸的精明样，她感到厌烦。有家财万贯的土豪，可是那满身的财大气粗，让她感到恶俗。有服务行业的小职员，一言一行都带着穷酸，让她感到无奈。到后来，连离了婚还拖着孩子的男人都有人介绍给她，她除了无奈，还有想流泪的冲动，这就是她想要的结果吗？

抱着那样宁缺毋滥的人生观，她决定不再相亲。她渴望生命中的那个男人，在某个时间带着微笑与自信从容地朝她走来，而不是掘地三尺，满世界疯狂乱找。

七七却是一个刚好与薇安相反的女子。

她书读得一般，工作也一般，但身边却从没有少过男人。她像一朵芬芳美丽的鲜花，彩色的头发，艳丽的指甲，长长的假睫毛，红嘟嘟的性感嘴唇，一般年轻都市女子的时尚装扮，有一点夸张，但并不过分。

喜欢她的男人可以追她，她喜欢的男人自然也不会放过，恋爱一场接一场地谈，从不曾断过片，她的至理名言是，趁年轻，好好爱，使劲爱，古人都说人不风流枉少年，莫非我们现在还倒退了不成？

她有她的歪理，不一定对，但也不一定不对，至少她没有辜负自己，没有辜负青春，不管找到真爱的可能性有多大，至少她知道谈恋爱是一种什么滋味。最要命的是，结婚以后，她依然保留在那样一种少女般的恋爱状态里，而恋爱的对象并没有就此固定，依然是走马灯般地换，她的经典名言是，我不能没有爱情的滋润。结果不用说了，可想而知，这般游戏人生的态度最终会怎样。

说到底，宁缺毋滥或是宁滥毋缺是两种不同的人生态度。

宁缺毋滥是追求完美的人，对自己很苛刻，很严格，假如没有遇到生命中的那个人，她不会将就凑合。假如一生没有遇到那个人，这辈子岂不是连恋爱的滋味都没有尝过？

宁滥无缺是追求随遇而安得过且过的人，宁负别人，不负自己。让人想起三国时代曹操的一句话：“宁教我负天下人，休教天下人负我。”虽然用在这里并不是太恰当，但都是那种很极端的人生态度。宁滥无缺，看似身边热热闹闹，蜂舞蝶绕，其实假若没有真爱，一样会感到寂寞和孤单，内心一样会感到荒凉无比。

假如用这两者做比较，宁缺毋滥似乎更值得赞赏，都说好饭不怕晚，哪怕这份爱姗姗来迟，也值得等待。

在漫漫的人生岁月中，总会有一个人与你有缘，与你有眼缘，与你有情缘，在红尘里相遇，没有早一步，也没有晚一步，然后遇到了，相爱了，牵手了，方不负我心。

等到一个让你心疼，让你流泪，让你手足无措的人，让你体会到爱的滋味，这份爱，才值得等待。等到一个疼你、惜你、爱你，凡事为你着想，做事有分寸、有责任感的人，这份爱，才值得等待。

你若安好，现世便好

情之一字，世人本来就堪不破，若用一个“情”字做一个枷锁，套得人无法突围，无法放下，就可能终生都会在情感的枷锁里挣扎。

有一个男孩和一个女孩，去古城丽江游玩的时候，偶然邂逅，一见钟情。

旅途艳遇，原本也无可厚非，可是男孩却动了真心和真情，他把女孩领回家中，对父母说：“我要娶她！”

男孩的父母惊呆了，责问他：“你认识她才多久？你了解她有多少？你知道她父母是干什么的？你了解她的兴趣脾气和人品？你确定她会给你幸福？你确定你不是一时的冲动？你确定你不会后悔？”

这些问题，是每一个父母在儿女婚嫁的时候，心中都会存有的疑问。

一长串的问号并没有把男孩砸晕，男孩很清醒地回答：“时间的长短并不能衡量一个人爱的深浅。有的人相识了一辈子彼此却并不了解。

她的父母是干什么的与我娶她根本没有直接的联系；脾气人品兴趣需要慢慢了解；我不能确定将来她一定会带给我幸福，但我能保证至少现在我是幸福的；我想娶她也不是一时的冲动，从我在丽江的街头遇到她那一刻起，我就想娶她。”

男孩的父亲大发雷霆：“荒唐，简直太荒唐了，见了一面就想娶人家做老婆，你有什么权利拿自己的终身大事开玩笑？你有什么权利祸害人家女孩的幸福？这件事情，我们到死都不会同意，否则就是对你的不负责任。”

关于男婚女嫁的一场谈判不欢而散。

男孩和女孩一筹莫展，不知道用什么方法说服父母，两个人偷偷摸摸地交往着，这样一拖就是两年，女孩的父母逼着女孩嫁人，以死相逼，女孩绝望了，在一个凌晨，她给那个男孩发了一条短信，然后割腕自尽了。

女孩去世之后，男孩天天捧着手机，看着女孩的短信，终日以泪洗面，从此一蹶不振，酗酒，打架，赌博，自暴自弃，他觉得女孩的离去都是自己造成的，自己还有什么理由活在这个世界上？

男孩的父母很后悔，早知他们如此坚决，当初何必反对，毕竟好好活着才是根本，可是这一切却无力回天，只能眼睁睁地看着他们的儿子消沉下去。

女孩最后发给男孩的一条短信是：我愿变成一只蝴蝶，生生世世停在你的肩头。

单就字面上看，女孩的短信，浪漫，深情，美丽，动人。可是她不知道，这几个字如果真是蝴蝶，也是沉重如山，压得男孩再也无力喘息。

情之一字，世人本来就堪不破，若用一个“情”字做一个枷锁，套得人无法突围，无法放下，就可能终生都会在情感的枷锁里挣扎。

这个故事让人很无语，生死化蝶固然是一个浪漫唯美的爱情范本，固然是千百年来可歌可泣的一段佳话，可是要以生死做代价，这份爱也未免太过悲壮和惨烈了些，根本不值得仿效和追随。

女孩的短信和最终的选择，无疑像一块巨石重重地压在了男孩的身上，即便他活着，他也会是巨石下面的那棵小草，枯黄委顿，见不到阳光。

有一首歌唱得好：如果我是梁山伯，一定放过祝英台，让她和别人去相爱。

世间的事，千回百转，如果两个相爱的人，因为各种缘由不能在一起，何必一定要做梁山伯？生生把一个祝英台逼成了一只蝴蝶，把事情推向极端惨烈的境地，情场不是战场，以生命做代价的爱，固然深沉厚重，但没有了生命这个载体，再深情的爱，还不都是一场空谈？

爱着的人，一定是希望彼此安好；爱着的人，一定是希望对方幸福！

爱着的人或者爱过的人，一定都是心存慈悲的，爱到极致才会恨，但说到底，恨的根由还是爱，做不成爱人就做远远注视对方的人，茫茫人海，有缘爱过一回，就是造化，无论是转身还是没有转身，远远地看到那个人，只要那人安好，心中便会坦然，这才是爱的最高境界吧！

记得有一个老同学，她和恋人都曾是我们的同学，爱着的时候我们都曾亲眼见证，不爱了我们也曾亲眼看到，那时候我们觉得他们两个人很般配，可是女孩子的家里却不同意，因为男孩是个凤凰男，当然那个时候还没有凤凰男这种说法，可是他的境遇就是这个情况，一个人从农村出来打拼。

以为那个男孩子会恨，或者会做出其他不明智的极端行为，可是后来什么事情都没有发生，既没有私奔，也没有生米煮熟饭。他笑言，能够看到她安好我就很开心了，其他的都不重要。

如果相爱的两个人，因为各种原因不能在一起，那么远远地站在人群里看着对方安好，看着对方幸福，不就是最好的选择吗？

爱一个人，不就是想让对方安好和幸福吗？何必一定要化蝶双宿双飞？拥有完满的爱情是一种幸福，没有完满的爱情也未必就是绝境，生活在这个世界上，有无数种选择，就有无数种答案，现世安稳，你在，我在，才是最真实的完满。

很贱很贱的爱情

其实真正让你犯贱的不是那个人，而是那一段时光，那段触动你心弦的时光，是那时那刻，那段人生中最美好的记忆！

那是大三的下学期，她遇到他，在校园的合欢树下。

那时，合欢树还开着花，像小扇子一般，粉嘟嘟的，铺满半边天际，她挟着书去图书馆，刚好和他相遇，两个人一见钟情，再见倾心，很快就上演了一曲校园恋歌。

两个人一起去泡图书馆，一起去听演唱会，一起去旅行，一起吃饭，然后各回各的寝室。不在一起的时候就发短信，发微信，几乎所有的联络工具都用上了，当真是一日不见如隔三秋。

恋爱的小时光里充满了幸福和甜蜜，没有时间寂寞，没有时间孤单，有说不完的话题，有干不完的事情，不管是浪漫，还是俗套，甚至恶作剧，他们都是来者不拒，仿佛有用不完的激情。

冷不防的，大四就来了，然后他走了，因为学校和国外的大学互换留学生，他出国留学去了。他是舍不得走的，舍不得丢下她一个人。

在那棵开满合欢花的树下，他握着她的手，看着泪眼婆娑的她说，别哭了，傻丫头，我只是去国外留学，又不是去天边，哭什么啊？我在国外等着你，等你毕业后也争取过来留学，到那时我们又可以在一起了，然后再也不分开，我去哪里你都跟着我，一起吃饭，一起喝汤，一起睡觉！

他故意把“睡觉”两个字加重语气，坏坏地笑。她忍俊不禁，“扑哧”一下乐出来，然后无奈地叹了口气说，看你个小坏样，你走了，只怕我们当真就分开了，距离非但没有产生美，相反却产生了疏离。

他把手指分开，与她十指相扣，说，你可真是个悲观主义者，我们的感情就那么经不起考验？你叹气干吗？是对我没有信心，还是对你自己没有信心？古人都说了，两情若是久长时，又岂在朝朝暮暮？

她想了想，半天回他，得了吧，那是哪个年月的事儿了？你没听说过吗？时间是把杀猪刀，刀刀不见血，却刀刀要人命，我们能抵得住时间的考验？

他说，别纠结了，我们一定能抵挡得住，我们都会好好的，在一起。

男孩真的走了，去了大洋彼岸遥远的异国他乡。两个人只能通过微信、QQ联系。

女孩的心里一下子就空了，虽然仍能听到他的声音，仍能知道他的音讯，可是不知为什么，心里就是空落落的，像丢失了什么东西一样难受。

独自一个人的时候，她会想起和男孩在一起的时光，男孩有一双宝石一样的眼睛，有一双纤细白皙的手，有幽默感，有活力。每次她生气的时候，他都会放下身段哄她。每次她嚷嚷着分手的时候，他都会咯吱她，直到她痒得再也说不出口……

可如今，早已是物是人非。

起初，他会给她发微信，说，想她，想得不行了，问她什么时候能过去？一天会发好几遍，她不方便回，他就留言。

后来天冷了，微信也渐渐少了，从一天数次到一天一次，然后是三天一次，再然后就是一周一次，再后来，不知道多久才联系一次。

他走的时候，她就知道会是这样的结果，可是她不知道，这一天会来得这么快。她还没有足够的心理准备，她舍不得他，放不下他。

给他打电话，越洋长途，很少打的，可是忍不住了。她放下自尊向他祈求，别这么快就忘了我，等着我去找你。

电话那头，沉默了半天，那个声音说，我爱上别人了，你忘了我吧！

她的眼泪“唰”地一下就掉下来。

还能说什么？说什么好像都多余。

分手后，她怎么都忘不掉他，夜里睡不着，拿着他的照片看，看着看着就泪眼模糊。她去他们曾经去过的地方，一起去过的咖啡馆，一起去过的图书馆，一起走过的街道，初次相遇的合欢树下……

她纠结，矛盾，辗转反侧，她想给他打电话，她想给他发微信，上QQ的时候看他的头像是亮着还是暗着，只要暗着，她的心中就会有一丝小小的失望。

有人说，分手后的思念叫犯贱。明明知道这一段情已无力回天，可是就是舍不得放下，就是舍不得丢开，就是舍不得不想。

其实，犯贱就犯贱吧！犯贱也没什么了不起的，人这一辈子谁还不犯一回贱？**其实真正让你犯贱的不是那个人，而是那一段时光，那段触动你心弦的时光，是那时那刻，那段人生中最美好的记忆！**

幸福花开，就在此岸

能够相爱的人，却未必是能相处的人。能够相处的人，却一定是脾气好能包容的人。

认识一个年轻的女子，长得很漂亮，长发如瀑，气质如兰，在公司里独当一面，在家里出得厅堂进得厨房，什么都好，可就是换老公的频率太快，五年换了三个老公，不知道底细的人以为她有多花心，吃着碗里的，看着锅里的，见一个爱一个，其实不然。

每一段感情她都是全情投入，认真对待，爱一个人就爱得不顾一切，可是她也有个弱点，每一次婚姻遇到问题或出现症结的时候，她不是想办法解决问题，从全新的视角重新审视婚姻，而是选择放弃。她向往彼岸，向往下一段婚姻，向往下一个人。只是她不知道，彼岸未必都是春暖花开，未必都是艳阳天，彼岸也会遇到寒流，也会遇到暴风雪。

选择爱一个什么样的人，得靠眼光。选择那个人有怎样的脾气和秉性，那要靠运气。**能够相爱的人，却未必是能相处的人。能够相处的**

人，却一定是脾气好能包容的人。因此，她的运气一次比一次差，从一段婚姻跳到另一段婚姻，结果却不尽人意。

换第三任老公的时候，她也有看他不顺眼的时候，两个人吵吵闹闹，磨合了挺长一段时间，可是她咬着牙忍过来了，然后峰回路转，两个人的感情重新回温。她不无感慨地说，有些事情可以随心所欲，有些事情却不能随意而为，年华如水，每一次折腾的时候，岂止是伤筋动骨，简直就是挖心掏肝。现在她懂得了适可而止，懂得了在寻常日子里发现生活的美好。

朋友姐姐家的女儿也恋爱了，可是“症状”却明显不同，她在一次旅行中邂逅了一个比自己小的男孩，只一眼，她就情不自禁地喜欢上，用她的话说，那叫气场，隔多远，都能感应到他身上散发出来的磁场。

他们两个人谈恋爱，几乎没啥动静，喜怒不形于色，彼此是从一些细微的语言和动作上去忖度对方的心思和想法的，表面上看风平浪静，实则内心的情感世界惊涛拍岸。那种细微的情感刚开始很迷人，可是时间久了，就让人感觉到有些力不从心。她提出分手，他不肯，因为一个眼神、一个动作所延伸出来的外在含义太让人迷恋了，那种无须语言的默契让他怦然心动。

她隐忍得很辛苦，恋爱中的人刻意去压抑自己的情绪，像侦探一样从一些细节的地方去推测对方是否喜欢和爱，这不但是体力活儿，也是脑力活儿，她终于无法忍受这种揣度，她累了，倦了，怠了。

她最后一次跟他说自己的想法时，他想了想，说了一句偈语：揭缔揭缔，波罗揭缔。波罗僧揭缔，菩提萨婆诃。

这句谒语让她痛彻心扉，想起从前在一起的快乐时光，仿佛就是昨天，仿佛还在眼前，一转眼竟物是人非。佛说：去吧去吧，到彼岸去，走过所有的路到彼岸去，彼岸是一个光明的世界。可是她知道，彼岸再好，彼岸再美，可彼岸没有他，没有他的世界怎么会是光明一片？

想拥有却无法把握，想舍弃却无法丢过，那是一种怎样进退两难的境地？

大多数人可能都对电脑键盘上的删除键情有独钟，**多不开心的事情，多纠缠抓狂的事情，只要轻轻按一按删除键，所有的问题都迎刃而解。可是人生没有删除键**，说过的话，做过的事，哪怕是错的，都会载入个人历史，不能删改，不能重写，所以很多人都抱期望于彼岸，期望彼岸森木幽幽，流水淙淙，别有一番天地。而实际上，彼岸都是我们设想的那般诗意和美丽吗？

幸福不在彼岸，幸福不在别人的手里，幸福只在当下，幸福只在自己的手里。

人生苦短，红尘无崖，彼岸总能给我们一丝温情，总能给我们一丝幻想，但是，我们却不能把所有的不快乐，所有的不如意，都寄希望于彼岸去改观，彼岸只是我们心中的一块圣地，只是苍茫岁月中的一星灯火，是生活中遇到困难时渡我们的舟楫。而真正的幸福就在此岸，只等你发现。

你要好好爱自己

一个人如果想要爱别人，首先应该学会爱自己，爱自己的身体，爱自己的健康。一个人如果连自己都不爱惜，怎么谈得上爱别人呢？爱自己，也是为了更好地爱别人。

有一天，朋友问我："你爱自己吗？"我茫然地瞪了对方半天，才理所当然地回答说："当然爱!"其实，我的内心非常模糊且底气不足，我真的爱自己吗?

传统的生活理念教导我们要爱别人。我们从出生到长大，所接受的教育告诉我们，要爱父母，爱儿女，爱你的爱人，爱你的朋友，爱你身边的人，甚至爱陌生人。人生的词典里，唯独没有爱自己这一说。爱自己，会被人当成自私自利。

在不知不觉中，我们忽略了自己，忘记了自己。身体微恙，小病小痛，忍一忍就过去了，否则会被说成娇气；工作不能放下，那是一个人在社会上立足的标志；父母的事儿大过天，什么事儿都能放下，唯此不能放下；儿女的事儿很重要，不能影响下一代的健康成长……唯独自己，永远排在最末位，或者永远也排不上。

就像一只陀螺，一刻不停地旋转，终于有一天，轰然倒下。

到此时，方战战兢兢地学会爱自己；也唯有此时，才发现爱自己是多么重要的事儿。

爱自己，应是不拿自己的身体开玩笑，不拿自己的错误惩罚自己。我曾亲眼见过邻居一个女孩，如花一样的年纪，只一两年的工夫，就黯然凋谢了。起因是女孩找了一个男朋友，两人好得如胶似漆。后来传出女孩怀孕的消息，男孩却死活不肯和女孩结婚，理由是要先立业再成家。女孩不得已去医院堕了胎，此后，她像变了个人，厌食，吸烟，喝酒，怕见人，把自己弄得憔悴不堪。

女孩本已有错在先，又遇人不淑，把一个怯懦的、敢做不敢当的男人当成终身依靠，这本身就是一种错误。如果当时改正这个错误，不算太晚，可惜她一错再错，和自己的健康开玩笑，对自己的身体施虐。拿自己的错误惩罚自己，已经不是什么明智之举；拿别人的错误惩罚自己，那就更不应该了。

当然，爱自己的方式和方法有很多种，比如给自己丰厚的物质享受，安逸的生活；比如给自己充实的精神世界，无形的享乐。但这些都抵不上拥有一个健康的身体，健康是一笔无形的财富，可惜这样简单的道理，却非人人懂得。

有的人天天耽搁在办公室里加班，仿佛全世界最忙的人只有他，以为没有他，地球都会少转两圈；还有的人天天花天酒地，马不停蹄地赶赴大大小小的酒宴、聚会，仿佛世界末日一般。其实，天长日久的无形透支，只会悄悄蚕食你的健康，等你发现身体出现了问题时，已悔之晚矣。

没有了健康的身体，无论是宏图伟业，还是点滴小事，都会成为天方夜谭。试想，一个人每天都被病痛折磨着，还有余力奢想和实现梦想吗？

一个人如果想要爱别人，首先应该学会爱自己，爱自己的身体，爱自己的健康。一个人如果连自己都不爱惜，怎么谈得上爱别人呢？爱自己，也是为了更好地爱别人。

荷兰学者斯宾诺曾对健康作过精辟的论述：保持健康是做人的责任。为了这个做人的责任，让我们学会好好爱自己，就从爱自己的身体开始。

80分的幸福刚刚好

从此不再向幸福女人讨教完美的秘诀，因为太过纯粹的东西，总是容易偏执和极端，总是以委屈自己为代价，在通往幸福的路上，如果能修炼到80分，就算及格。

时尚杂志上最老生常谈的调调，是教女人怎样打扮成如花的美女，一会儿变成端庄动人的淑女，一会儿变成风情万种的妖精，一会儿又变成温柔大方的家庭主妇。教女人怎样出得厅堂，入得厨房。在外是商界强人，回家是贤妻良母，十八般武艺，样样拿得起放得下，才算修炼成功，这样的女人方为上等女人，方为完美女人。

所谓出得厅堂，古代汉语里指待人接物举止优雅，行为端庄，周旋于宾客之间，礼貌周到，滴水不漏，方显出家教学识。衍生到现代，待人接物这样的事情，实在太小儿科了，现代社会要求的出得厅堂，实是指在外面能独当一面，不管是商场上千军万马，还是公司里的大小事宜，都能调停得当，八面玲珑，沉稳大气，有大家风范。

所谓入得厨房，当然就不用释义了，古今通用，女人除了在人前能拿得出手、端庄大方以外，在厨房里也要大显神通，能烧得一手色香味俱佳的好菜，当然，如果能达到专业大厨的标准，那就更完美了！烹茶煮茗，相夫教子，完美地体现了传统观念对女人的要求。

今天的社会，对女人的要求不可谓不高，且不论这样的完美女人打着灯笼是否能找到，就算真的有，什么样的男人才能匹配得上这样的女人呢？男人要修炼到什么样的境界，才能与这种完美女人相得益彰？

姑且不论完美女人与什么样的男人旗鼓相当，在通往幸福的路上，修炼到什么程度才算触摸到幸福呢？

朋友青莲，是一个在我眼里各方面都很完美的女人，事业做得风生水起，在一家上百人的公司里，一人之下，众人之上，能够在那样的公司里站稳脚跟实属不易，不是像我这样心智的女人能做到的。一般事业有成的女人大多会顾此失彼，可是她却把小家庭打理得有声有色，幼儿园开运动会，有一个项目是只限家庭参赛的，很多家长都借口工作忙不去参加，唯有她，和丈夫一起出现在小女儿参赛的项目里，孩子脸上的笑容像五月火红的石榴花。

她同时也是父母眼里的乖女儿，父母走到哪里，只要一提到女儿，脸上就会熠熠生辉，因为她是父母的骄傲；她同时又是公婆眼里的好儿媳，他们夫妻吵架，公婆必会站在她的一边，做了好吃的，也必会等她一起吃。公婆俩吵架，也必会让儿媳做裁判；她同时又是同事眼里的好上司，大家有什么事情都愿意找她解决。

做人做到这种地步，不可谓不八面玲珑。我曾无比艳羡地向她讨教，是怎样修炼到这种境界的？在我看来，幸福于她而言，可谓取之不竭，像一个小小的灵感，信手拈来。谁知她却叹了一口气，苦笑道，人人都言我会做人，谁知道我内心的苦？我大惊失色，原来她的内心里也有苦。

她说，你看到的我，是人前的风光，可是谁知道我为此付出了多少？完美女人不是那么好修炼的，得委屈自己装下一切不能装的事，得挑战自己去面对一切不敢面对的事，如果按指数计算，幸福是100分的话，那么我能得80分就知足了。为了漂亮，我不停地往脸上抹化妆品。在公司里，我不得不穿七寸高跟鞋面对那些难缠的下属。面对父母的唠叨，我不得不牺牲口舌，不管心里有多烦。怕老公出轨，我尽量做到各方面完美，不但要抓住他的胃，也要留住他在床上。有时候，在公众场所等人，坐在小几旁边的片刻时光，我竟然会睡着，这次地，怎一个心累了得？

我被她的“幸福只要80分”的论调震撼了。想想也是，人无完人，实在没有必要苛求自己方方面面都做得完美，如果方方面面都完美，那不是俗人，是圣人。《红楼梦》里有一个完美的女人秦可卿，生得漂亮，袅娜纤巧，为人处世温和得体，人缘又好，是老太太眼中重孙媳中的第一人。可惜这样一个完美的女人，因为平常思虑太密，抑郁成疾，个中的滋味怕是只有她自己才能体会，最终也没落下个好结果，年纪轻轻就一命呜呼。

如果人一辈子只能分到一块叫幸福的蛋糕，我宁愿一小口、一小口

慢慢地品尝味道，咂摸滋味，而不是图过瘾，图痛快，而一口吃掉。就像梁静茹在一首歌里唱的那样：80分的幸福已足够。

想唱就唱，想跳就跳，想发泄就大喊，实在没有必要太刻意掩藏，那些刻意的拿腔着调往往掩盖住一个人真实的一面，当然也会很累。不完美，才能还原出一个真实的自我。

从此不再向幸福女人讨教完美的秘诀，因为太过纯粹的东西，总是容易偏执和极端，总是以委屈自己为代价，在通往幸福的路上，如果能修炼到80分，就算及格。当然，能够做到优秀更好。做不到，实在没有必要强求，也没必要和自己过不去。因为，80分的幸福已经够好了。

相亲不成仁义在

那个跟你相过亲的人，应该比陌路人更亲近一点，毕竟人海茫茫，不是每一个人都有机会成为你的相亲对象。

晚间闲看一档电视征婚类节目，男嘉宾在选择心动女生时，与其中一位女嘉宾“短兵相接”的瞬间，眼神纠结，内容颇多。聪慧的主持人不依不饶，再三追问，结果女嘉宾道出实情：他们曾经相过亲，双方都没有什么感觉，最后不欢而散。

女嘉宾开玩笑说，相亲那天下着雨，他没有给我打伞；到了饭点，他也没有请我吃饭。看似简单、带有调侃意味的几句玩笑话，却让男嘉宾手足无措，一个劲地解释，却又说不到点子上。偏偏男嘉宾又是一个有点“较真”的人，解释来解释去，结果所有的女嘉宾都灭了他的灯，他失败退场，没有牵手成功。

这样的结果，也许让女嘉宾始料不及，所以男嘉宾黯然退场的时候，她很真诚地向他道了歉。其实，男嘉宾没有牵手成功，她的话不是绝对的因素，但多少还是影响了别人的判断。不管女嘉宾是有心的还是无意的，这样的话都会起到负面的作用。

旧情人相遇，无非有两种情况，若有情也许会死灰复燃，再续前缘。若无情可能会银牙咬断，怒目相向。这是因为两个人中间还有情，这情不是爱便是恨。而相过亲的男女，既算不上情人，也算不上仇人，无非是别人看着两个人匹配和登对，才介绍彼此认识。若郎情妾意，彼此有意，从此生死相携做了神仙眷侣。若流水有情，落花无意，便从此陌路，两无相欠。

相亲不成，实在犯不上再去说彼此的坏话，更犯不上一时冲动去干涉别人的生活。两个陌生的人，本来就不搭界，仅仅因为相过一次亲，没有成功，却因此改写了彼此的人生，实在不是明智之举。

认识一个女孩，别人给她介绍了一个男生，她去相亲，一眼便相中那个男孩，谁知那个男孩对她却一点感觉都没有，两个人见了一面便从此陌路。

没有感觉是太正常不过的事儿，两个陌生人相了一次亲就来电了的，毕竟是少数，可是女孩却接受不了这个事实，羞愤难当，逢人便说，他开那么破的车，住那么小的房子，花钱那么抠门，牛什么啊？这样的话重复多了，终于有一天传到男孩的耳朵里，男孩辗转找到她，质问她为什么这么做？女孩振振有词，无理闹三分，纠缠的结果是，男孩忍无可忍，把她打了个乌眼青。女孩气急败坏告男孩暴力行凶，男孩不依不饶告女孩造谣诽谤，结果以一个被抓进去关了几天、另一个被处以罚金告终。

当然，这样的个例只是极少数，但是多数人相亲不成都会有泛酸心理。某天，狭路相逢，可能会在对方面前表演恩爱，秀甜蜜，晒幸福，而且绝对不给你逃跑的机会，让你后悔当初有眼无珠，捡了芝麻，丢了西瓜。

其实，相过亲真的不是罪过，青春年少的适婚年龄，谁还没有相过几次亲？特别是那些在情感表达方面没有天分的人，用相亲的方式选定结婚的对象，是再正常不过的事儿。

不管是在什么样的场合，不管是处于什么样的境地，相过亲的人再次相遇是缘分，狭路相逢勇者胜，但相亲不是打仗，不是攻山头，更不存在爱恨情仇，恩怨纠结。

在我想来，**那个跟你相过亲的人，应该比陌路人更亲近一点，毕竟人海茫茫，不是每一个人都有机会成为你的相亲对象，**套用一句老话便是：相亲不成仁义在。

两个相过亲的人，如果有朝一日，狭路相逢，上上之策便是侧身让过，口下留德，手下留情，远远地看着对方，如此便好。

备胎的终极命运

如果不幸沦为职业的感情备胎，那么一定要三思而后行，那种无果的等待会把心风干，把情感耗尽，华丽转身才是人间正道。

几乎每一辆汽车都有一个备胎，以防路上爆胎，也好及时更换，不至于影响路程。如果正胎一直都不爆，那么对不起了，备胎就只好一直那么备着，无事防备有事。如果正胎一不小心爆了，那么只好借用一下备胎，用过之后备胎还是挂在汽车尾部，或者放在后备箱里，依旧扮演备胎的角色。

在一个论坛上看到这样一个帖子，说一个朋友买了一辆二手车，车上有一个备胎，已经整整六年了，从来没有用过，这个备胎还能用吗？即使能用，会不会过了产品保质期？橡胶是否老化？

这个问题，让我想起一个人，他上大学的时候，喜欢上一个女孩，女孩却不是十分在意他，今天和这个恋爱，明天和那个分手，折腾得死去活来的时候，一直都是他在身边安慰她，做她的创可贴，给她生活的勇气，给她重新开始的信心。

大学毕业后，进入社会，开始工作，他依然留在她的身边，只是他依然不是她爱情的男主角，依然只是一个备胎，她寂寞的时候，受伤的时候，无助的时候，都会借他的肩膀靠一靠。

她对他招之即来、挥之即去的做派，很多人都不以为然。大家嘲笑他傻，为了一个不是十分喜欢自己的女孩鞍前马后，苦苦地等待着女孩回心转意，给他一线机会，傻傻地浪费着大好的青春时光，去做一件不值得的事儿，不是大脑短路，就是心灵缺氧。他却无怨无悔，看到她的一颦一笑，痴嗔恼怒，他就已经很满足，很开心了，远远地看着她安好，并不打扰她的生活。

整整做了五年的备胎之后，他终于绝望，转身和另外一个爱慕他的女孩恋爱去了。那时候，她正处于情感空窗期，看到他离自己而去，心下又有些不甘，习惯了他在自己的身边，习惯了他的随叫随到，习惯了他对自己的好，他忽然转身，她有些不适应，怅然若失，像丢了东西一样。她低下身段去迁就他，追求他，千方百计让他动心，他抵不住这种糖衣炮弹的攻势，受宠若惊，没过多久，重新回到了她的身边。

只是，这样的日子没过多久，她喜欢上另外一个高大成熟的男人，把他又弃置到备胎的位置。她也觉得自己有些过分，对不起他，可是遇到心仪的男人时，她身不由己，像飞蛾扑火般，逐爱而去。

他很难过，像当头一棒，打得他分不清东西南北，虽然这样的结果也在意料中，但还是有些措手不及，他自嘲自己是风险投资，做备胎本来就是候补。

备胎就永远只能做备胎吗？答案是不一定，备胎的出头之日，是要等到正胎爆胎才会有机会，只是这样的机会少而又少，就算真的被你等到了，你怎么知道人家不是暂时借用你一下？一旦有了机会，有了合适的人选，就会换一个更好的。更何况，备胎也有保质期，过了使用期限，也许连备胎也算不上，什么都不是了。

说到底，一个人之所以成为备胎，还是因为你不是那个人心目中能擦出火花的人，不是那个人钟情的人，不与那个人的审美、价值取向相契合，就算你备胎到老，备胎到永远，也不会改变这一点。就算最终两个人走到了一起，从备胎转正，那也可能是人家权衡利弊的结果。

如果不幸沦为职业备胎、长期备胎，那就更加悲哀，谁会甘心一辈子做人家的爱情备胎？情感生活中，不是主角也不是配角，而是 B 角，旁观别人的生活，忍受寂寞和等待，真的是很悲哀的事情。

如果不幸沦为职业的感情备胎，那么一定要三思而后行，那种无果的等待会把心风干，把情感耗尽，华丽转身才是人间正道。

学得好、嫁得好、活得好

人格独立才能获得应有的尊重，而男人的尊重是一个女人在婚姻里最想要的爱，也是一个女人在婚姻里得到的最隆重的爱，而爱是大前提，尊重是配额，幸福是参数。

每一个豆蔻年华的少女，心中都有一个美丽不老的梦想，那就是嫁一个风度翩翩的白马王子，从此过上幸福生活，按照时下流行的说法就是嫁个“高富帅”。

嫁得好，其实是一个很宽泛的大命题，不一定是嫁一个多金郎就算嫁得好，但按时下通俗的价值取向，嫁个物质丰厚又疼你的人，就算是嫁得好吧！

记得有一首歌是这样唱的：我能想到的最浪漫的事，就是和你一起慢慢变老，直到我们老得哪儿也去不了，你还把我当成手心里的宝。我一直觉得，这才是婚姻的至臻完境，和钱多钱少无关，和“高富帅”无关，一直到老，老得牙齿也落了，老得眼睛也花了，老得头发都白了，老得不再美丽如初，甚至老得走不动路了，身边的那个男人依然把你当成手心里的宝，这才算是一个女人嫁得好吧！

问题是嫁得好，是建立在什么基础之上呢？年轻时，男人爱你的明眸皓齿，爱你的美丽容颜，爱你曼妙的青春，爱你如花一样的年纪，可是总有一天，明眸会暗淡，皓齿会脱落，容颜会衰老，花朵会凋谢，**时光这部机器非常公平，它不会偏袒任何人，它不会为任何人特别驻足停留，**到那时男人爱你什么？还会爱你如初？把你当成手心里的宝？

男人也好，女人也罢，你总得有一样长处，有一样优点，让人爱你，这天底下，从来就没有无缘无故的爱，就像没有无缘无故的恨一样。

一个年轻的女孩，若想嫁得好，前提自然是学得好，人生没有捷径可走，同样适用于婚姻，即使凭漂亮的脸蛋、靓丽的青春换取了一张通行证，那也只是暂时的，总有一天，是要靠内在的东西去吸引和征服别人。

《汉书·孝武李夫人传》中有一句很经典的话：我以容貌之好，得从微贱爱幸于上。夫以色事人者，色衰而爱弛，爱弛则恩绝。

李夫人并不否认自己得宠是因为美丽姣好的容颜，可是她比别的女人聪明，她很清醒，知道以色事人不久矣，终有一天会爱驰恩绝。

别否认以色事人，若无美色再无脑子，你凭什么嫁得好？优秀的男人多半是大脑不缺氧，更不弱智，物质很丰厚，优秀出众的男人会喜欢一个既无美色又无脑子的女人吗？用脚指头想想都知道，百分之九十九是不可能的，例外的概率和天上掉馅饼的概率是一样的。

说到底，女人学得好重要还是嫁得好重要？答案当然是都重要。学得好是前提，嫁得好是结果，只有学得好了才能嫁得好，这有点像种瓜得瓜，种豆得豆。就算不为嫁得好，学得好也是人生通往幸福之路的铺垫，最通俗的比喻是，学得好就好比银行的存折攥在自己手里，随用随取，自己掌握着主动权，用自己学得的本事为自己的幸福买单。而嫁得好，银行存折是在男人的手里掌握着，想要支取幸福，那得要看男人的脸色，看男人是高兴还是不高兴，看男人是不是还爱你。

聪明的女人不会想着走捷径，首先会修炼“学得好”这一基本功，冬练三九，夏练三伏，练得真功，取得真经，方能拿到一张通往幸福的通行证，**人格独立才能获得应有的尊重，而男人的尊重是一个女人在婚姻里最想要的爱，也是一个女人在婚姻里得到的最隆重的爱，而爱是大前提，尊重是配额，幸福是参数。**

优雅，内敛，举手投足逸出内在的灼灼光华，这样的智慧女子才会在婚姻里笑到最后，“新三好女生”有一句掷地有声的宣言，那就是：学得好嫁得好活得好。这句话很好地总结了新新女性对幸福的理解和把握，没有人会单纯地把自己的幸福寄托在一个男人的身上，那是多么不靠谱的事情。

一个年轻美丽的女子，学得好，嫁得好，活得好，才是正经事情，才不辜负这美丽的青春，才不辜负这稍纵即逝的光阴。

考验爱情的两个版本

考验别人，其实也是考验自己，考验自己的信心、底气和能力。

版本A

一个年轻的女孩，在朋友的婚礼上邂逅了一个男人。

女孩年轻漂亮，娴静优雅。男人成熟稳重，事业有成。两个人一见如故，加上朋友又从中撮合，虽然年龄相差较大，他们还是谈起了恋爱。

谈了大半年，男人想跟女孩求婚，夜里睡不着觉，忽然想起一个问题，这个年轻漂亮的女孩至少比自己小十来岁，自己除了有两个臭钱，既不风流倜傥，又没有学富五车，人家凭什么跟自己好？

这样一想，内心便开始发虚，想来想去，想了一个办法，不如考验她一下吧！看看她到底是爱自己的钱，还是爱自己的人。

他穿上运动服，骑上自行车，跑去找女孩，女孩大吃一惊，问他：

“你怎么穿成这样？”因为在女孩的印象里，他都是开着宝马车来来去去，从来不曾这样“平民”。他吞吞吐吐地说：“我破产了，可能给不了你想要的幸福，你还愿意嫁给我吗？”

女孩白了他一眼，笑道：“我可不想坐在自行车后面笑。”

这个恋爱故事就这样结束了，可是后来女孩又看到那个男人，他依旧开着宝马车来来去去。她跑去问朋友，才知道那个男人原来是在考验自己，她后悔得肠子都要青了，煮熟的鸭子居然飞了，这也太狗血了。

版本B

一个事业有成的金领男，爱上一个漂亮活泼的女孩，两个人在一起很快乐，男人喜欢女孩有朝气，女孩喜欢男人为她花钱时眉头都不皱一下的样子。

女孩喜欢逛街购物，每每叫上他当跟班，吃住行刷卡买单，一条龙服务，她乐得当公主，被他宠着。

男人问女孩，你喜欢我什么呢？女孩咯咯地笑，想都没想就说，喜欢你大气豪爽成熟稳重不小家子气。男人不语，腹诽道：只怕是喜欢我为你花钱的样子吧！

从那时起，男人心中生出一个疑问，这个活泼漂亮的女孩究竟是喜欢我的人多些，还是喜欢我的钱多些呢？想得抓心挠肝，头发都揪掉了，也没想出个所以然。女孩说得很真诚很坦率，不像是假的，可是他就是有些不相信。

隔了一段时间，他找到女孩，捶胸顿足，痛哭流涕，说自己智商低，投资失败，把钱都败光了，问她还愿意跟自己好吗？

女孩想都没想，抱住他说，羞不羞啊？大男人还掉眼泪，钱是什么啊？钱就是个王八蛋，没有了咱再赚。男人追着她问，那你还跟不跟我好了？女孩笑道，好，一直好，好一辈子。

男人终于相信女孩是真心喜欢他的人，而不是喜欢他的钱，于是买了房子车子钻戒和玫瑰，去向女孩求婚。

女孩看着房产证，车钥匙，还有婚戒，不解地问他，你不是破产了吗？男人说，没有没有，我就是想考验你一下。

女孩愠怒，说，对不起，我不能接受你的求婚，因为你对我没有起码的信任。

这是两个不同版本的爱情大考验。

物质时代，所有的东西都被打上了物质的烙印，即使爱情也不例外。奔着结婚去的男人，自然是心中忐忑，特别是有几文钱的男人更是揪心扯肺，生怕一不小心找到一个只爱钱不爱人的主儿，那可是赔了夫人又折兵。于是考验爱情这个老得不能再老的桥段又被广泛使用，结果是有钱没钱都是搬起石头，砸了自己的脚。

原本喜欢钱的，因为你哭穷，结果把人吓跑了。

原本有些清高的，因为你哭穷，侮辱了人家的自尊，结果也是走人。

考验别人，其实也是考验自己，考验自己的信心、底气和能力，有信心有底气的男人是不会玩这种弱智游戏的，女人不喜欢珍珠，难道喜欢沙子？假如你有本事把考验这档子事做得天衣无缝不着痕迹，那你不妨试试。假如没那本事，就别玩这么没谱的事儿。女人爱不爱你，还用得着挖空心思去考验？爱不爱你都不知道，还谈的哪门子恋爱结的哪门子婚啊！

所谓“没时间”的潜台词

没时间，真的不是理由，如果你爱你的父母，你总会挤出时间给父母。如果你爱家人，你总会挤出时间给家人。如果你在乎朋友，你总会挤出时间给朋友。

一个好莱坞著名女明星曾经说过：“如果我在意一个人，会为他安排时间，改变行程，甚至推掉其他的约会。总会有人被排在时间的前头。”

这句话说得真好，如果套用在父母家人朋友的身上，你的所谓“没时间”，其实就是不够关心。如果套用在恋人身上，其实你就是不够爱。否则，你会想尽一切办法，在没时间里找出一点空闲，总会把你心上牵挂的那个人放在时间的前头。

越来越多的人喜欢说“没时间”这三个字，面对不喜欢的人的约请，最好的理由就是没时间。对于不喜欢做的事情，现成的借口就是没时间。没时间这三个字成了一个拒绝别人的挡箭牌，成了拒绝别人时一个冠冕堂皇的理由。这样的说法，既不伤和气，又给足了彼此的面子，但潜在的意思，就是拒绝。

不愿意拿出时间给你，你还纠结什么？你还郁闷什么？你还等什么？

梅和男友是在朋友的聚会上遇到的，一不小心擦出了火花，热恋的那段日子，当真是一日不见如隔三秋，天天都能找到时间黏在一起，一起吃个晚餐，偶尔逛逛街，QQ上发几个笑脸，微信上聊几句闲话，黏黏糊糊，怎么黏都不够。

没过多久，温度便渐渐回落，梅再去找他，他便抱歉地说："忙，真忙啊，没办法，现在不忙，将来怎么给你好日子过？忙工作，忙应酬，实在是不得已，你也希望咱们俩有个美好的未来吧？等忙过这段时间，咱们还不有的是时间在一起？"

字字熨帖，句句在理，梅觉得自己不能太小家子气了，不能太纠缠他，不能太黏他，自己得做个懂道理、识大体的女孩子，这样的女人才可爱。他是忙事业忙工作，又不是移情别恋，没时间也算情有可原。

夜里睡不着觉，辗转反侧，想给他发个短信，又怕他埋怨。有一晚，她忽然得了急病，半夜里，肚子疼得厉害，给他打电话，他说："你可真笨，打120啊，我又不是大夫，耽误了病情反倒不好了。"

话说得似乎在理，但怎么听都觉得冷冰冰的，再也没有当初的热乎劲儿，可是她兀自没有醒转，隔很久见一次，彼此都有了陌生感，可是梅的心里仍然不想放弃，她觉得这个男人哪儿哪儿都好，再过几个月，她就正式迈入30岁大军了，不能再瞎折腾了，等他忙过这段时间就正常了。

等得花儿都谢了，可他仍然是忙，仍然是没时间，一不小心从别人嘴里听到了他要结婚的消息，她差点没有昏过去，因为新娘子不是她。

她懊悔不已。这个男人太可恨了，老拿没时间搪塞自己，不爱就不爱了，有什么了不起的？自己又不是没有他就活不成了，只是可惜自己所剩无几的青春，竟然挥霍在这样一个没良心的男人身上，当真是不值当啊。

其实，这件事情真的只怪那个男人吗？当然不能，人家都一再地表示没时间了，你还一再地等他，那人若在乎你，总会为你留出时间。人家不在乎你，所以才一而再地没时间，连这点游戏规则都搞不懂，还在死乞白赖地瞎等，挥霍时间，浪费生命，要怪只能怪自己太笨了些。

同理，这个道理也适用于婚姻，结婚之后，男人或女人常常在外面应酬不回家，总是忙啊忙的，就应该拉响红色警报，忙是有一定限度的，白天晚上都看不到人影，谁知道在忙什么？

男人的没时间，可能是心已游移，多半用到了工作应酬和狐朋狗友的聚会上。女人的没时间，多半心已跑到别的地方，逛街购物美容和朋友聚会等等。

如果男人和女人都忙成这样，连见面的时间都少了，婚姻还会稳固吗？因为忙到最后，总会再加上一项：和异性约会。

没时间，真的不是理由，如果你爱你的父母，你总会挤出时间给父母。如果你爱家人，你总会挤出时间给家人。如果你在乎朋友，你总会挤出时间给朋友。

至于你的伴侣，那就更不用说了，如果他真的爱你，如果他真的在乎你，他就一定会有时间，就算没有时间，也会挤出时间给你。如果对方常常说没时间，那个人一定是不爱你了，或者说是不够爱你，因为没时间是不爱的代名词。

所以，如果你身边的人常常拿没时间敷衍你，你就该醒醒了，看看问题的症结出在哪里，以便及时解决，别在“没时间”里，等得花儿都谢了，到时什么都晚了。

致我们终将熬成亲情的爱情

爱情与婚姻根本就是两码事儿，爱情是两个人电光火石间的灵感与闪念，而婚姻是两个人天长地久的耳鬓与厮磨。

嘉琳初次遇到曾少的那一年，是在亚布力滑雪场。

即使是现在，嘉琳想起那天的情景，依旧会觉得惊心动魄，就像光与影之间的浪漫与唯美，过了那么多年，想忘却忘不了，成了留存在心底最瑰丽的风景。

那天，风雪弥漫，朔风凛凛，几十米开外就见不到人影，一起来的同伴都躲到木屋里避雪，只有嘉琳，像一只活跃的小兽一般，唱着歌，拿着滑雪用的物什，穿戴整齐，向滑雪场出发。

因为风雪太大，滑雪场上的人不多，嘉琳快活地撒着欢儿，使劲闹腾，不知过了多久，因为方向偏离，速度掌控不住，终于出事了。

那一刻，她心神俱裂，闭着眼睛尖叫，我还没有开花，还没有结果，还没有谈一场轰轰烈烈的恋爱，还没有结过婚，我不想死，菩萨保佑我吧！

那一场事故让她落到山根底下，人迹罕至，即使不残也得冻死，嘉琳万念俱灰，这真应了那句话：得瑟大了掉毛，老老实实待在木屋里多好？何苦遭这罪？

嘉琳在山根底下不知躺了多久，曾少在嘉琳心灰意冷的时候从天而降，像个天使一般，穿着银色的滑雪服，他救了嘉琳。

两个人就那样匆匆忙忙地相爱了，彼此都没有来得及细想对方的身家是否与自己匹配登对，就已经进入角色，进驻到彼此的生命，爱情的到来让他们措手不及，欣喜若狂。

曾少常常取笑嘉琳，我还没有开花，我还没有结果，我不想死啊！嘉琳追着曾少作势要打，一边嚷嚷，你不说你取的这破名字，还曾少呢，我还以为是谁家的大少爷，不想却被你这样一个无房无车的小民骗了。

结了婚以后，嘉琳很快就发现，那样惊心动魄的相遇与相恋，那样浪漫的起始与开端，最终都落入了凡俗的婚姻生活中，鸡毛蒜皮，鸡零狗碎，柴米油盐，烦琐杂尘。过去穿高跟鞋，化精致的妆容，在西餐厅里约会，惊喜一个接一个的日子，少而又少了。

曾少以前喜欢送花儿给她，现在几百年都难得见到一回，问及，他撇撇嘴说，难道我买给你的虾不好吃吗？你要虾还是要玫瑰？嘉琳为难了，如果一定要选择，想来想去好像还是虾来得营养和实在些，她也只能忍痛割爱，谁让咱们过得捉襟见肘呢！

后来有一日，嘉琳去参加同学聚会，那些嫁作人妇的女子，张口闭口一味数落自家先生结婚以后不屑浪漫，不懂温存，忘记体贴，一副悍妇或怨妇的模样，令嘉琳不寒而栗，想想自己不也是这样的心态吗？那个雨天为她撑伞、饭前为她摆餐具、睡前为她掖被角的男人去哪儿了？

后来有了孩子，整天是奶瓶尿布，睡不饱，吃不香，一会儿喊，曾少，下班别忘记买奶粉回来；一会儿又喊，曾少，孩子尿了；一会儿又喊，曾少，以后别再买火龙果了，太难吃了。

从前那些浪漫温存啊，不食人间烟火的情话啊，仿佛都已隔世，仿佛都是别人的事儿，这一世只是过日子而已。摸他的手，不再心慌气短；与他的眼神对视，不再慌乱逃避。一切仿佛从来都是这样，原本就该是这样，波澜不惊。

有一夜，孩子睡了，老公也睡了，嘉琳闲读三毛的书，她在书中看到这样的句子，那时候大约三毛正在恋爱，所以她说："每想你一次，天上飘落一粒沙，从此形成了撒哈拉。"诗一样的情话，那般浪漫，那般火热，那般激情。

多年以后，大约三毛年纪已非当日，再论及爱情，有了新的看法，她说："世上难有永恒的爱情，世上绝对存在不灭的亲情。一旦爱情化解为亲情，那份根基，才不是建筑在沙土上了。"

合上书，嘉琳想了很久很久，自己跟曾少也是这样吧！

上天眷顾的女子会得到浪漫的爱情，命运眷顾的宠儿会得到美满的婚姻，**爱情与婚姻根本就是两码事儿，爱情是两个人电光火石间的灵**

感与闪念，而婚姻是两个人天长地久的耳鬓与厮磨，没有好与不好的区分，再浪漫再美好的爱情，在漫长的岁月里，都将像熬粥一样，慢慢熬煮成亲情，黏稠的糊状，分不清米与汤。两个没有血缘的人，因时光，因岁月，因相濡以沫，因患难与共，爱情慢慢转化成亲情，就像左手和右手，彼此成为对方身体的一部分，你中有我，我中有你，再难割舍。

一辈子不长，两个人在婚姻中慢慢修行，把爱情修炼成无法割舍的亲情，才是婚姻的最高境界吧！

取悦男人不如取悦自己

独立是女人身上最有魅力的素质，经久耐用，可以让人内心强大。一个人只有内心强大了，才可以独自应付生活，像一棵树一样，站在风雨中，站在阳光下，微笑着接受阳光雨露的同时，也将阴凉洒向大地。

认识一个年轻的女子，结婚没几年，男人就有了外遇。原本这是一件很悲哀的事情，可是离婚的时候，她却洒脱地挥了挥手，没有任何留恋，也没有任何附加条件，就那么轻易地放他走了。

别人都说她傻，被婚姻打上烙印的女人，怎么说离就离了，还当自己十七八啊？轻易地离了婚，将来怎么办？她笑了笑说，当一个人执意要离开的时候，与其哭着喊着做抹脖子上吊状，还不如放他走，至少余生的时间里，当他再想起你的时候，还会想起你转身时的优雅和从容。

她有她的道理，因为她知道，移情别恋的人能抵得过偷情的惊心动魄和流言蜚语，能抵得过爱人的痛恨和亲人的白眼，却未必能抵得过平常日子的琐碎和磨砺。终有一天，澎湃的感情会逐渐平淡，激荡的心情会日益平静，仍旧会回到他们当初的轨道上来，看着再好，也抵不过红尘中那些鸡毛蒜皮，最后总会有伤痕，总会有缝隙，总会像他们一样，沦落到柴米油盐的平淡和琐碎中来。

应该说她是一个看透世事的女子，再好的感情也不可能永远锁定在沸腾的状态，他们经历过的情感波折，换成别人也同样不会例外。她常说，取悦男人，其实不如取悦自己。

取悦男人，不但是一项体力活儿，而且还是一项技术活儿，不仅仅身体累，而且心也会跟着受累，如果技巧把握得不好，取悦得不到位，往往有拍马屁拍到马脚上的尴尬，让人啼笑皆非。

刻意地去迎合男人的喜好，以男人之喜而喜，以男人之悲而悲，其结果可想而知。男人喜欢乖巧型的，你便做小家碧玉状；男人喜欢豪放型的，你便跃跃欲试，做江湖侠女或女汉子；男人喜欢才女，你便刻苦修炼内功，而忘记了自身条件的先天不足。时光左岸，蓦然回首，才惊觉自己竟然弄丢了自己。当你看着自己因为取悦男人，而变得越来越陌生，变得越来越遥远，变得不再是当初的那个自己时，你是否会痛恨自己的没出息？问题的关键是当你变得自己都不认识自己时，那个人却优雅转身，怎么办？

说句煞风景的话，再充满激情的婚姻或爱情，都会由高潮走向平淡，也有可能走向毁灭，这就是事物发展的规律，也是人性使然。就算你是一个千面佳人，就算是你是一个百变娇娃，也难抵时光的磨砺。柴米油盐的琐碎，红尘琐事的牵绊，时光脚步的追赶，千篇一律重复着的日子，会腐蚀掉很多东西，刻骨的仇恨会淡忘，铭心的激情会散去。换了一个发式，换了一个装扮，就想挽回一些东西，就想留住一个人，就想留住一颗心，那只能说明你的智商还停留在幼儿园的阶段。

取悦男人不如取悦自己，用自身的魅力去吸引男人，用优雅的气质去征服男人。聪明女人不会把所有的快乐都寄托在男人的身上，这样孤注一掷的冒险，最终会发现，所有的人都往前走出了好远，只有你自己还停留在原来的地方，甚至还倒退了。

这个世界上，除了男人之外，还有很多风景。聪明女人，有自己的生活圈子、朋友圈子，有自己独立的空间，有稳定的职业和经济来源。没事儿的时候，读读书、旅旅行，让自己快乐优雅自信，充满灵气，而不是把自己的喜怒哀乐维系在一个男人的身上。

独立是女人身上最有魅力的素质，经久耐用，可以让人内心强大。一个人只有内心强大了，才可以独自应付生活，像一棵树一样，站在风雨中，站在阳光下，微笑着接受阳光雨露的同时，也将阴凉洒向大地。

做一个内心强大的女人，对生活的彻底了悟不是人人都做得来的。而我们，在生活中摸爬滚打，爱别人的同时，也要爱自己，做美容，练瑜伽，和朋友约会，看小众电影，自己挣钱自己花，出得厅堂，进得厨房，取悦自己，取悦生活，让岁月流逝得慢一点，让自己老得慢一点，让人生更充实一点。

第四章 / 喜欢的一切都近在咫尺

低眉尘世，浅浅欢喜深深爱。在这烟火人间，做内心安静、内省不浮的自己。

养在内心深处的美好

时代就像一个巨人的脚步，毫不犹豫地向前挺进，不管我们对旧时光多么留恋，多么不舍，多么不想放手，可是终究都会被巨人的脚步碾成粉末。

信息时代，互联网带给我们很多方便与快捷，同时也带给我们很多纠结、矛盾与无奈。网络生活已成为我们生活中不可或缺的一部分，不管是工作还是休闲，网络好像与我们紧紧捆绑在一起，不能分割。一天不上网，仿佛便和这世界有了距离。三天不上网，似乎就被这世界无情地抛弃了，稍不留神，就Out了。

那些闲适、缓慢、幽静的生活被网络打破了，旧时光里的那些小情趣、小快乐、小幸福，都被网络取代了。那些泛黄的时光，被打上时代的烙印，遗落在某一个角落里，偶尔会想一想，翻出来看一看，却再也回不去了。

多年前，喜欢拍照片。

那时候，不管是一个人独自出游，还是和家人朋友一起，都会拍一大堆的照片，冲洗出来后，除了分给那些喜欢的人，自己也会留一份，逐一放到影集里。得闲时拿出来，和家人朋友一起分享那些曾经去过的地方，那些曾经在一起的人。可是，不知道从什么时候起，渐渐地，不再冲洗照片了，拍回来的照片直接存储到电脑里，什么时候想起了，当然也会找出来看看，只是不再和别人一起分享，而是一个人对着电脑默默发呆。

多年前，喜欢写信。

那时候，常常会给父母写信，给朋友写信，给情人写信。所有的想念、牵挂、嘱托，都会从笔尖流淌到纸上，然后开始等待，等待那些来自远方的回信。有焦灼，有不安，也会有等待时心中生出的温和暖。后来有了网络，有了手机，有了QQ，有了微博，有了微信，人与人之间的距离一下子变得模糊起来，那些远在天南海北的人似乎近在咫尺，那些近在咫尺的人似乎又远隔天涯，很少会有人再拿起笔来写端端正正的方块字，那些写信等信的快乐时光，犹如蝴蝶一般翩翩离去。

多年前，喜欢听唱片。

那时候，不管在哪儿淘到一张唱片，都会翻来覆去地听，夜晚，清晨，或者某一个阴雨天的下午，一个人静静地听。音乐如水一般“哗哗”地从唱片中流溢出来，充盈耳朵，愉悦身心。那样的时光，当真不是“享受”两个字所能表达的。多年后，许多人不再听整张的唱片，也不必东奔西跑地去淘唱片，而是在网络上下载，想听哪首单曲就听哪首单曲，不必再满大街去找，可是对于触手可得的东西，不知道为什么，却总觉得缺少了点什么。

多年前，喜欢看电视。

那时候，一家人守在一起，围着一个十来寸的黑白电视看得津津有味，一边看电视，一边闲聊、嗑瓜子、喝茶。其实看电视的视觉快乐还在其次，最重要的是，一家人在忙碌了一天之后，能有一段其乐融融的相守时光，才是人生最幸福的事。多年后，没有多少人再看电视 ，一家三口人，一人守着一台电脑，和别人聊天，看别人的视频，浏览八卦新闻，玩游戏。书房一个，客厅一个，想说话居然通过QQ传达，其乐融融的家庭氛围跑哪儿去了？

多年前，喜欢看报纸。

那时候，一张报纸一杯茶，常常能看上很长一段时间，先看新闻，再看副刊，最后看广告，连犄角旮旯也不放过，看报纸成了早餐前后或者如厕时最大的享受。多年后，很少有人再看报纸了，手机上，电脑上，什么新闻都有，真的假的，鱼目混珠，泥沙俱下。最不济，也会上网看个数字报、数字杂志，谁还去买报纸？

多年前，喜欢写文章。

那时候，文学的门槛比天还高，很大一批文学爱好者，头悬梁，锥刺骨，披星戴月，夜里不睡觉，趴在书桌前写稿，笔尖“沙沙沙”地在稿纸上游走，花费了很多的时间和精力，却是发表无门，在家和邮局的路途上来来回回奔波，心中揣满了梦想和信念。多年后，没有人再在稿纸上浪费时间，很多喜欢写文字的人再也不用孤芳自赏，有了电子文档，清晰了然，上传到网络，一不小心浪得个虚名什么也是有的。

那些正在日渐被取代的小快乐还有很多很多，都被丢弃在时间的荒野，**时代就像一个巨人的脚步，毫不犹豫地向前挺进，不管我们对旧时光多么留恋，多么不舍，多么不想放手，可是终究都会被巨人的脚步碾成粉末。**

每个人都有一些养在心底的小快乐，而我们多年前的那些喜好，终将成为养在内心深处的小美好，惊艳了时光，温柔了岁月。

脚步不慌，内心不乱

遇到困境，脚步不慌；遇到惊喜，内心不乱。不慌，其实是一种底气，是靠生活的积累和铺垫。不乱，其实是一种境界，是对生活的理解和参悟。

每个人在漫长的一生中，都会有这样一种时刻，突然间了悟，刹那间花开。曾经为之纠结，为之蹙眉，为之辗转反侧，以为惊天动地，以为失去他/她无法活下去的事情，却原来，都不过如此而已。

世间除死无大事。既然我们还活着，就不如好好享受，享受生命，享受生活，享受爱与被爱，享受阳光，享受雨露，享受世间万事万物。

磨难，只能让我们的脚步更稳。痛苦，只能让我们的内心更加强大。有些事情，既然无可避免，还不如好好享受人生赐予我们的每一种滋味。

以前，只要一提起生活、磨难、痛苦这一类的词汇，就会觉得很空洞，以为都是装点人生的语句。活到一定的年纪之后，才渐渐发现，空洞的只是我们的内心，而不是生活，生活的每一个瞬间都会有不一样的光彩。

当青春、激情、狂热、感性渐渐褪去之后，蓦然发现，走过的那段长路，几乎没有留下任何有念想的东西，那些让人留恋的，那些让人回味的，那些让人不安的，那些让人不舍的时光，就安放在那里，看不见也摸不着，没有什么质感，伸手一抓，空空如也。

数字时代，很多人喜欢用声音和图片留下对时间的回忆，而我，固执地喜欢用文字记录时光，我知道，我的文字不可能打败时间，也不可能填充饥饿，可是我还是喜欢用文字这种方式，在时间的旷野上留下一行深深浅浅的足迹，不为别的，只为自己偶然回首时，那份安心和美好。

在自己的文字里与自己相逢，那是一件多么令人高兴的事情，那些不眠的夜晚，那些快乐的记忆，那些痛苦的过往，那些小欣慰，那些小颓败，那些你深爱着的人，或者那些深爱着你的人，在文字的小巷中，就那样猝不及防，与你撞了一个满怀，也许你很欣喜，也许你很暗淡，又或者有些绝望，可是不管怎么说，那些都是最真实的时光记录。

时光游移中，一朵小花，一棵小草，一只小猫，一件小事，都可能成为你笔下描摹的对象，花朵的吐蕊，小草的抽芽，小猫的嬉戏，这些每天都发生在你我身边的小事，都是生活赐予我们的最真实的状态。

有人说，太过自我的文字，没有社会责任感。可是，写作者的责任感，首先是真实地、客观地记录生活，尊重生活，尊重自我。

脚步不慌，内心不乱。我喜欢这几个字，自有一种定力在其中。走过长长的一段路才会知道，**不慌，其实是一种底气，是靠生活的积累和铺垫。不乱，其实是一种境界，是对生活的理解和参悟。**不浮不躁，不争不抢，做自己喜欢的人，做自己喜欢的事。遇到困境，脚步不慌；遇到惊喜，内心不乱。我们都在生活里修炼，虽与完美尚有差距，但至少可以修炼成自己喜欢的模样。

低眉尘世，浅喜深爱。我也喜欢这几个字，低眉，是一种姿态，是一颗包容之心，兼一颗谦让之心。尘世，不用说，自然是有烟火的地方，上至达官贵人，下至贩夫走卒，构成一幅饱满生动的生活画卷。浅喜，浅浅欢喜，不疯狂，不热烈，最难得的就是那份淡定和从容。深爱，爱生活，爱自己，爱那些值得爱的人，深深地爱，狠狠地爱。

说到底，文字还是很苍白，很难把生活全面真实地刻录下来，那些活生生的人物，那些艳丽的花朵，那些像芝麻粒一样的小事，那些让我们惊喜和伤痛的事情，很难一一用文字细述，文字之笔犹如一把小小的剪刀，那些被我们精心裁剪下来的地方，自然是让我们记忆最深刻的地方。

用文字记录时光，给自己一份欢喜，给别人一份安慰，看别人的故事，过自己的人生，把人生最美好的时光都留给文字。

脚步不慌，内心不乱。低眉尘世，浅喜深爱。做内心安静、内省不浮的自己，微微眯起眼睛，看阳光，看绿叶，看露滴，看花开，细品生活赐给我们的每一种感触和每一个瞬间。

越热爱，越美好

香车豪宅未必尽是如意人生，未必没有烦恼，草房之内也未必尽是忧愁，幸福的尺度不一样，快乐的标准也不尽相同。

心血来潮，忽然很想做一个测试：

如果你整天忙忙碌碌，做最累的工作，赚最少的钱，而且一刻也不能停歇，租住在又旧又小地角又偏僻的房子，你会快乐吗？

如果当别人住豪宅，开宝马，吃腻了山珍海味，厌倦了声色犬马，而你却要为一日三餐，马不停蹄地奔波在骄阳似火的大太阳下，汗珠落地摔八瓣，看人脸色，低声下气，你会快乐吗？

问了几个朋友，得到的答案几乎是一致的。朋友小赵性子耿直，快人快语，他说：我脑子长歪了？叫驴踢了？算不过来账是怎么的，我快乐得起来吗？人家坐着，我站着；人家吃着，我看着；人家坐车，我跑步；人家休闲，我忙碌，我凭什么快乐啊？轮得到我快乐吗？

这个答案我一点儿都不意外，生活在滚滚红尘之中，平常之人都有一颗世俗之心。人家有的我也要有，人家没有的我也想有。没见得你比我多付出多少，你凭什么得到的比我多？活得比我悠闲自在？

另外一个朋友小江，倒是心平气和，他说：我不会快乐，但也不见得会生气，人活天地间，各人有各人的造化，各人有各人的命，他住他的豪宅，我住我的草房，井水不犯河水，互不相干，根本没有可比性。**香车豪宅未必尽是如意人生，未必没有烦恼，草房之内也未必尽是忧愁，幸福的尺度不一样，快乐的标准也不尽相同**，所以很难说哪种生活更快乐！

我打趣他说，你倒是一点气焰都没有。他好脾气地笑笑说，我不是故作姿态，我真的是这样想的，我不想做房奴，也不想做车奴，不想做孩奴，更不想做什么工作狂，只要身体健康，衣食无忧，就上上大吉了。

这个测试我问过很多人，答案几乎都相差无几，唯有小唐跟他们的答案不同，而且出乎我的意料。她说：我会快乐的。为什么不呢？虽然我目前的状态是居无定所，去外面吃顿像样点的饭菜都很奢侈，连份像样的工作都没有，是个彻头彻尾的“蚁族”，可是我一样会很快乐！我年轻，我健康，我干嘛要不快乐？我没有时间去抱怨什么，更没权力去挥霍青春，我能够掌控的，就是好好活，按照自己的心愿去活，一点一滴都是生活的滋味，让生活美好起来，我相信：越热爱，越美好。

小唐是一个85后的女孩，大学毕业后换过很多工作，做过推销员、广告公司职员、媒体从业人员等等，每一次她都咬牙坚持着，拿很少的薪水，和同伴一起租住很小的房子，每个月的开销都有预算，告诫自己不冲动消费，关注折扣信息，只买自己需要的，不参加一些无聊的应酬，不随波逐流，不人云亦云。

我惊叹她的理性，看着她像一只蚂蚁一样，不停地在都市里奔波忙碌，不懈地追求和努力，一点一点靠近自己的梦想。她说，我有梦，所以我很快乐！

她常常教我一些生活的小常识和省钱的小窍门，比如早餐不能空腹，一杯牛奶，两片燕麦面包，对于恢复体能有很好的帮助，可以精神饱满地开始一天的工作。喝牛奶时不能空腹，否则蛋白质会凝结，影响肠胃吸收。室内多种植绿色植物，既养眼又能充当空气清新剂，让心情舒畅。煎荷包蛋的时候，在蛋的周围滴几滴水，煎好的蛋就会特别鲜美。

我盯着这个无限热爱生活的女孩，是的，狠狠地热爱，像从未受过伤那样去热爱。她笑，我脸上结大米了？你看什么啊？我说，你真了不起，你会成功的。这句话是由衷的，很多人身处逆境的时候，奋斗过几次，没有成功，也就放弃了，可是她不，她一直坚持不懈。

她的脸红了，小声嘟囔，蚂蚁很小，每天都在为了一份食物而不停地忙碌，一刻也不偷懒，一刻也不停歇，没有人会停下脚步关注它们的状态，可是蚂蚁也有自己的喜怒哀乐，必须学会自我调节，自我掌控。人生短暂，快快乐乐是一辈子，愁眉苦脸也是一辈子，我快乐，所以我赚了，从一开始就赚了。

狠狠地热爱吧，越热爱，越美好！热爱生命，热爱工作，热爱一切和生活相关的人事物。你若热爱，生活哪里都可爱。

理想骨感，现实丰满

理想不过是一个人内心的愿望，只要这个愿望不是太离谱，不是太离奇，多数还是可以实现的，把理想细化，把目标定小，切合实际，才能量力而行。

朋友跟我抱怨，每天上班下班，三点一线，跟急行军似的，路不敢多行一步，话不敢多说一句，担心得罪人，担心生病，担心失业，晚上连电视节目都不敢多看，怕早晨起不来，上班晚了，会生出预料不到的意外。像契诃夫笔下的套中人，每天生活在同一种模式中，没有激情，没有理想，甚至不敢把内心的情绪表达出来，你说我怎么这么窝囊啊！想当年，我也是一个有理想有抱负的有志青年，也有过一段文学青年的时候，为诗歌疯狂过，为音乐疯狂过，抱着吉他，从黄昏唱到天明，怎么活着活着，理想就变成了一种奢侈的东西？搜遍我的人生，怎奈遍寻不见，是我被生活抛弃了吗？

都市人喜欢挂在嘴边的一句话是：理想很丰满，现实很骨感。

意思是说，别说我们没有追求，没有理想，其实我们都曾有远大宏伟的目标，只是现实生活让我们处处碰壁，理想才无可企及，抱负不能实现。

倒退若干年，上小学一年级时，第一堂课上，老师必然会问，某某同学，你长大了想干什么啊？你的理想是什么啊？大家争先恐后举手回答，唯恐落于人后。男孩子们会说，我长大了，想当一名解放军战士，保家卫国；我想当一名科学家，做一个对国家有用的人。女孩子们则会说，我想当一名白衣天使，救死扶伤；我想当一名老师，教书育人……

记得有一个小胖子，有点像大头儿子的范儿，他站起来，忸怩了半天，大约知道自己的理想不怎么能拿得出手，所以像蚊子哼哼一样，用很小的声音说，我长大了想当一个厨师，因为厨师可以吃到很多很多好东西。大家哄堂大笑起来，这算什么理想啊？简直太丢人了。小胖子不好意思地挠挠头，拱到桌子底下去了。

那个年代，如果说一个人没有理想没有追求，无疑是毁灭性的，那意味着不求上进，没有出息，无论你在现实生活中做得怎么样，一定要把目标定得远大一些，把理想定得高端一些，说出来的话也高大上，底气十足，冠冕堂皇。

不得不承认，到今天，理想不再是一个很炫的东西，也不再是一个能博得眼球的东西，也不再是一个模式下的翻版产品，今天的理想也是五花八门。

一个当老师的朋友说，现在的孩子早慧的挺多，不大懂事的也不少，她说印象最深的，就是她教过的一个孩子，曾掷地有声地说，我好好读书，是为了长大能出国留学，挣好多钱给妈妈看眼睛。这无疑是一个最令人感动的理想。有的孩子说，长大了要当奥特曼打怪兽，这无疑是动画片看多了的结果。一个10岁的女孩居然说，我长大了要嫁给有钱人，这无疑是物质时代的产物，是价值取向出了问题，钱要靠自己的双手去获得，而不是另外的途径。一个那么小的孩子，你需要如何告诉她、她才会懂呢？

现实生活里，人们的理想变得越来越小，越来越骨感，那么不起眼地散落在现实生活里，当然这也不是什么坏事，人们早已不会再空谈什么理想，不切实际地把理想架空，而是把理想落实到切实可行之处。

比如我母亲，她老人家最近的理想就是换一台冰箱，因为家里那台冰箱太老了，已经不能用了。邻居那位美丽的妇人，她的理想就是儿子长大后能成为音乐家，所以拼命督促孩子业余时间在家吹小号，可怜我的耳朵要为她的理想付出不应有的忍耐。在外企上班的朋友，他的理想就是像杜拉拉一样快速升职，所向披靡，芝麻开花节节高。最让人惊叹的，还是一位七十多岁的老太太，她的理想是身体好，少生病，省下来的钱可以捐给灾区。

多元化社会，人们活得越来越精彩，越来越不把理想挂在口头，做得多、说得少是普遍现状。

记得一位作家曾豪言：把梦想干掉。梦想多数不切实际，如上天揽月，干掉就干掉了！**理想不过是一个人内心的愿望，只要这个愿望不是太离谱，不是太离奇，多数还是可以实现的，把理想细化，把目标定小，切合实际，才能量力而行。**

正面情绪的力量

人生若是一杯茶，苦一阵子，却不会苦一辈子。

你有没有遇到过这样的时刻?

一个人独自欢享寂寞的午后时光，或者美丽安宁的黄昏时刻，在古典雅致的水吧里喝茶，任茶香在舌尖上缱绻，看窗外流年寂寂，红尘滚滚；或者在安静优雅的咖啡馆里，在香气袅袅中，一边看书中悲欢离合，一边体会红尘中喜怒哀乐。

然后，你遇到了熟人、朋友或者陌生人……

然后，所有的温馨时光，所有的美丽时刻，所有的闲情逸致都碎掉了，像掉进梦魇一般，走不出，也进不去，不得不做出倾听的姿势，可是内心里却是千般的厌倦，万般的不耐，那些负面的东西，源源不断地进入你的耳朵里，拒绝不了，也无法一走了之。

那个人，唠唠叨叨，没完没了，说自己遇到的不公正的待遇，说官场上的黑暗，说职场上的潜规则，说人际关系的复杂，说物价涨得太快，说堵车堵得心慌，说老婆太疯狂，说孩子不听话，说朋友利用他，说天气太无常……

那个人，唾沫星子飞溅，吐出的字符里，全都是抱怨，这些传递“负能量”的长句短句，像一把把飞快的小刀，一刀一刀割着你的好心情，刀刀不见血，却刀刀要你的命，你想跑，你想逃，你甚至想，若此刻你面前的地面不小心裂开一条缝，你都会毫不犹豫地跳进去，只为获得一时的耳根清净。

可是，想归想，你什么都没有做，忍受了半天，最后想出一个蹩脚的借口，你说要去洗手间方便一下，然后你毫不迟疑地逃到洗手间里，再也不想出来。

在洗手间里磨蹭了大半天，忍受着来来往往猜忌和疑惑的目光，最后像做了坏事一般，磨磨蹭蹭地从洗手间里溜出来，见那人不告而别，你才长长地舒了一口气，只是你的欢怡时光，你的好心情，都跑到“爪哇国”去了。回到家里，大半夜仍然睡不着，胸口像被大石压住一般，觉得郁闷，觉得堵得慌。

这种心情延续了好几天都没有调整过来，然后你在街上遇到了一个女同学，女同学把你拽到大街的一角，期期艾艾，一把鼻涕一把眼泪，说男人没有一个好东西，男人都是见一个爱一个的花心大萝卜，男人都该下十八层地狱，声声都是血泪，字字都是控诉，她说自己对那个男人种种的好，说那个男人如何不长心……

你安静地听着，你也只能安静地倾听着，因为你不知道女同学还有什么更疯狂的举动，所以你害怕，你害怕一不小心就刺激到她。而内心里，对她的行为，却深深不以为然，都是大人了，爱了就在一起，不爱了就散了，恋爱总是相互的，谁能勉强得了谁？

你看着女同学的嘴，在你的眼前张张合合，终于挨到她离开了，你才松了一口气。

你心情寥落地往前走，却忘了最初的目的，你忘记了自己要去哪里，要去办什么事情，心情坏到极端，在大街上漫无目的地走了许久，犹不能释怀。

你遇到过这样的时刻吗？

负面情绪像一枚有毒的种子，开恶花，结恶果，没事别把自己的负面情绪传染给别人，这是一种犯罪，你自己痛快了，却给别人添了堵。

这世界需要“正能量”，把健康的、积极的心态传递给别人，让别人感受到你的温暖和快乐，感受到这世界的温度，这才是所有人都应该做的。

什么是“正能量”？“正能量”是一种心态，比如，**人生若是一杯茶，苦一阵子，却不会苦一辈子；**“正能量”是一种行动，比如，那些做公益做慈善的人，心怀慈悲；“正能量”是一种爱，比如，心中有大爱的人，把爱传递给别人。

给自己贴上“正能量”的标签，传递“正能量”，这是一种责任和美德，快乐，美好，是生活的需要，是我们生存的大环境的需要。

再说，整天说自己的苦事，整天做那些损人利己的事儿，到头来你会发现自己一个朋友都没有，而且你自己也会变成一个内心被阴霾充斥的人，天长日久真的变成了一个“苦人儿”，这就是“心理暗示”的力量。

原谅世间的一切不美好

从最坏的结果里看到最好的希望，原谅生活带给我们的不美好，与生活和解，与自己和解。

阳光明媚的午后，朋友约我去喝茶，我欣然前往。

几个月不见，忽然发现她的额上多了一条狰狞的疤痕，原本清秀美丽的女子，因为这条疤痕变得丑陋起来。我怔在那里，不知道该说些什么好，不知道怎样才能安慰她，生怕哪句话一不小心伤到了她。

她笑靥如花，推了我一把说："你不认识我了？"我在心中反复掂量措辞，怕勾起她的伤心事，于是浅浅地问了句："你这里，怎么了？"我用手指了一下她的眉间。

她笑了笑，朗朗地说："我去云南旅游，出了车祸，最直接的后果就是多了这个像月牙般的疤痕。"我叹了一口气，心中多了悲悯，眼睛看着窗外发呆。马路上车如流水，行人如梭，暖阳融融，岁月安好。可是人生在世，一不小心，就会有这样或那样的祸事悄悄地靠近我们，而我们却浑然不知。

我安慰她："大难不死，必有后福。更何况这条月牙状的疤痕让你看起来更具有古典美。"我知道这话是多么苍白无力，而且多少也有些违心，可是她是我的朋友，我不能雪上加霜让她更加难过啊！如花的年纪，美丽的容颜，忽然就多了一块让人恐怖的伤疤，搁谁都接受不了。

她并没有我想象的那般悲伤和难过，相反倒有一丝欣喜挂在眼角眉梢，我不解地看着她。她像一个俏皮的邻家女孩，狡黠地看着我说："我的快乐不是做给你看的，而是发自心底对生活的感激。在常人的想象里，我应该像一朵枯萎的花儿，长吁短叹，愁眉不展，在悲伤里沉沦，但这只是常人的逻辑。"

她端起精致的骨瓷杯，轻浅地啜了一口绿茶，接着说："刚开始我也接受不了这个现实，可是后来一想，任何事情都应该反过来想一想，至少我现在比当初想象的状况要好得多，能够行走自如，能够正常工作和学习。至少我现在还活着，能和亲人在一起享受天伦之乐，能和朋友在一起分享美好。至少让我学会了懂得珍惜，用捡回来的余生，更加快乐地生活。"

我如释重负，不用再挖空心思地想着如何安慰她，有一丝浅浅的喜悦，悄悄地爬上心头，像街边花坛里迎风而立的向日葵，摇摇摆摆地，在阳光下，满满都是喜悦和笑颜。

很多时候，我们会把那些意外发生的错误和灾难造成的后果，毁灭性地惩罚自己，甚至心甘情愿地沉沦其中不能自拔，很少有人会像她一样，**从最坏的结果里看到最好的希望，原谅生活带给我们的不美好，与生活和解，与自己和解。**

想来很多人都没有那样的悟性，通常情况下，我们总会被生活中的一些意外打个措手不及，被一些或大或小的事情左右心情。升职无望，除了抱怨还会跑去酒吧借酒浇愁；和恋人分手，除了失望还会觉得是世界末日；偶尔生病，除了怨怼，也会觉得生活亏欠你太多。

其实很多事情并不是想像的那么糟糕，换一种思维方式，换一个看问题的角度，会发现很多事情根本不是当初想象的样子。

我不会开车，偶尔会坐公交车。有一次在车上，看见两个外地口音的女孩儿在争论一件事情，两个人对着一张城市地图比比画画。

原来她们是想去一个著名的旅游景点，结果乘车时，因为不熟悉路线，坐了反方向的车。我以为这两个女孩一定会懊恼，赌气，吵架，谁知其中一个安慰另外一个说："错就错了吧！我们不熟悉这个城市，刚好趁机浏览一下城市风光。"

我的心温柔地动了一下，**如果把一个错误衍生出另外一个错误，那一定是蠢人的行为。如果把一个错误衍生出一个美丽的结局，那一定是充满生活智慧的人。**

看着两个女孩对美丽的城市风光赞赏不已，我的心中被浅浅盈怀的喜悦填充得满满的。一个写字的朋友告诉我说，他喜欢"浅浅盈怀的喜悦"这句话，是的，喜悦如莲，浅浅的，淡淡的，便足矣。

浅浅，是一种境界。喜，是平常人都会有的一种情愫。悦，则有一种被恰好击中的快乐。心中常怀喜悦，快乐才会无处不在地绽放。把错误衍生出美丽，更是一种生活的智慧。很多时候，错误并没有人们想像的那么可怕，问题是如何把生活中的小错误，演绎成一种美丽的结局，才是至关重要的。

世间不如意之事十之八九，我们要学会原谅，原谅生活的不美好，生活才能美好。

做个“中嫩”女人

如今的中嫩女人，则是女人三十一枝花儿，成熟的心智，独立的经济，粉嫩的脸蛋，喜欢的生活方式，什么时候嫁人，还不是自己说了算？喜欢才嫁，不喜欢就单着，信守宁缺毋滥。

和朋友一起去购物中心买东西，出来的时候，朋友的视线忽然被前面的一个美女攫住，我用手在朋友的眼前晃了晃，被他一把推开。顺着他的视线看过去，一个年轻的女子，窈窕美丽，只看背影就已让人心动不已。灰绿色的荷叶衫配短裙，戴一顶宽边的帽子，长肩带的小背包在身上来回晃，右手居然还举着一支棉花糖，优雅风情却又有几分俏皮灵动，在人群中，确实有鹤立鸡群的感觉。

朋友和我打赌，说她一定是个年轻的大美女。我摇了摇头说未必，背影有时是会骗人的。于是两个人疯劲上来了，很八卦地追上去，想给这个赌注找个答案。

当然，答案转眼就有了，没有什么悬念，只是有些让人意想不到，不看则已，一看之下，忍不住莞尔。这个装扮粉嫩的女子居然是邻家阿姨的女儿，姓戴，年方31岁，尚未嫁人。戴母急得如同一只热锅上的蚂蚁，三十多岁了还不嫁，没事儿人似的，整天优哉游哉的，要等到什么时候啊？

戴家女儿却是自有主张，自己有车有房，经济独立，何必一定要按照传统观念提早进入婚姻模式？洗衣煮饭，孩子哭老公叫，整天手忙脚乱，朝着黄脸婆的进程一路狂奔而去？多乐呵几年有什么不好？

由于观念的不同，冲突在所难免，戴妈妈痛心疾首，言之凿凿，我可都是为了你的幸福着想，你没看到你同学的孩子都能打酱油了吗？戴家女儿却是置若罔闻，我是成年人了，知道自己想要什么样的生活，知道自己想要什么样的幸福，您老就歇会吧！

争执的结果，是戴家女儿搬离了父母身边，一个人过起了自己的小日子，闲时逛街吃零食看影碟听唱片，为别人的故事掉儿滴泪。忙时加班加点，早晨在甲地晚上在乙地，飞来飞去为自己挣钱买花戴。平常只见其恋爱不见其结婚，戴家妈妈一脸的焦虑和难堪，也只能落得个眼不见心不烦。

中嫩女人，要的就是这种优雅从容的范儿，三字头的美丽少女，今年20，明年18，心智成熟，自信优雅。开心的时候与朋友们聚会，烦恼的时候一个人去旅行，工作的时候疯狂地投入。没有后顾之忧，没有拖累，自由自在。与孩子无关，与家庭无关，与丈夫无关，与生活理念有关，因为这是女人自主选择的生活方式，而不是被动地进入传统生活轨道。

中嫩女人与剩女不能同日而语，剩女多少有些被动和无奈，虽然也很优秀，但落单却不是自己的主观意愿，而中嫩女人更多的是自我意识的觉醒，在自我的范畴和概念里逍遥自在，过自己的日子，让别人说去吧！

传统观念里，三十岁的女子被比喻成豆腐渣，意味着大好的青春年华逝水而去，大好的美丽时光转眼成云烟。而三十岁的男人被比喻成一枝花，意味着男人的好时光才刚刚开始。倘若女人过了三十岁还没有嫁掉，那简直是家门不幸的大事，而男人即使老到没牙，吃棵嫩草，也没人说三道四。

如今的中嫩女人，则是女人三十一枝花儿，成熟的心智，独立的经济，粉嫩的脸蛋，喜欢的生活方式，什么时候嫁人，还不是自己说了算？喜欢才嫁，不喜欢就单着，信守宁缺毋滥。

中嫩阶层是美国社会学家发明的一个词，定位那些年过三十，却还拥有一颗少女之心的女人们。她们或从穿着打扮，或从人生观上，都是一副不服老、我还行的态度，她们拒绝婚姻，享受恋爱，说白了就是甘愿被剩下的女人，“中”只是个前缀，“嫩”才是王道，中嫩女人，优雅范儿十足，难怪这个时代，女人的初婚年龄越来越大。

做花瓶的最高境界

一个漂亮的花瓶，经过岁月的淘洗和打磨，会蜕变成一个从骨子里从灵魂深处散发出芬芳的人。

花瓶这个词，本身没有什么歧义，相反，倒能使人联想起一些美好的事物，比如青花，比如细瓷，比如时光里悠悠地泛着的冷滟清凛的光泽，赏心悦目，让人爱不释手，吝惜有加，因为怕碎，所以托在掌心里。

然而，花瓶这个词一旦与人有了联系，就发生了质的变化，和绣花枕头一类的词汇有得一拼，不管是男人还是女人，一旦被打上花瓶的标签，就会被归属到只有欣赏价值而没有实际用途的范畴里，让人不屑为之。

花瓶这活儿，也不是人人都可以做的。首先必须具备美艳不可方物的外表，这是最起码的硬件，也是做花瓶的资格，看上去要美丽动人，艳压群芳。其次要有一颗凌驾于红尘之上的心，你说你的大鼓词，我唱我的嬉皮慢板，灼灼言词，流言蜚语，轻视不屑的眼神，都伤不到分毫皮毛。长袖善舞，落英缤纷，这是做花瓶的最高境界，一般人还真没有这两下子。

当然，花瓶也有另外一种做法，那就是做个有内涵的花瓶。这种花瓶是极品，美貌与智慧并存，举手投足间都散发着优雅内敛的知性之美，远看是花瓶，近距离接触才知道，这种花瓶除了赏心悦目之外，还有远程导弹之威力。

一个做生意的朋友就曾跟我诉苦，他有一个对手，怎么看都是一个美丽的花瓶，时尚优雅，脸上的笑容近乎透明，让人想起襁褓中的婴儿，纯真得让人不忍心伤害。最初一个回合，心中窃喜，想到对方公司派了这样一个花瓶级的人物，不能不说是决策的失误。谁知几个回合下来，这个花瓶竟然熠熠生辉，发出耀眼的光芒，不但会四门外语，而且专业知识不在他之下，咄咄逼人的气势，一直把他逼到角落里，败北的结局可想而知。朋友叹气，我犯了一个严重的错误，就是逻辑混乱形而上，错觉误导我，把英俊的男人等同于花瓶，谁知这是一个有内涵的花瓶，就像一本装帧考究的精装书，除了封面漂亮打眼，内容也着实不错。

朋友败给了一个有内涵的花瓶，内心大不甘，长吁短叹，手中的咖啡凉了也没有心情喝上一口。

其实美丽不可方物的人并非都是花瓶，比如一个当红的女演员，当年，初涉演艺圈的时候，也曾被人看作花瓶，青涩，纯真，戏演得一塌糊涂。然而，没几年的时间，时光的淘洗，经年的历练，把她打磨雕刻成一个有内涵的花瓶，就连女人轻易不会透露的年龄，在她眼里，亦不过仅仅是一个数字而已。

别人看到的，还是一个花瓶，不过是个多了内涵的花瓶，只是，从此就是另外一番天地，那一举手，一投足，甚至一个眼神，都是戏，都是内涵，需要细细地阅读和品味。

美丽风光的背后，必定有不为人知的艰辛和努力，不停地成长，不断地蜕变，不断地往瓶中填充内容，内在的东西在时光里一点一点生成，终于形成自己的风格和魅力。

一只蛹，经过破茧的挣扎和剧痛，会蜕变成一只美丽的蝴蝶。**一个漂亮的花瓶，经过岁月的淘洗和打磨，会蜕变成一个从骨子里从灵魂深处散发出芬芳的人。**

曾经认识一个女孩，生得很美，常人眼里，这样的女子是上天特别眷顾的人。寻常人的想法，趁年轻，寻个钻石王子，嫁个好人家，过衣食无忧的生活，比什么都强。可是她偏偏不，学外语，办公司，听讲座，读MBA，把自己搞得像一只陀螺，在生活中一圈圈地旋转，倒下了，爬起来再重新开始。

我问她，何必把自己搞得这么辛苦？明明有捷径可走，别人拥有的东西，不费吹灰之力你也会有。她乐了，心态平和地说，花瓶女人也会老，明艳芬芳能几时？到头来，红颜逝水东流去，老之将至，又有什么可以依靠。

不得不承认，这是一个睿智的女孩，懂得幸福深处最芬芳的美丽是灵魂，懂得内涵才是一个人的精髓所在，从而不停地为自己增加养分，愉悦自己，同时也芬芳别人。

无论如何，请保持愉悦

带上好心情回家，美好的生活需要大家一起去维持和创造，有一个温馨的家，才会让你过上好日子。

傍晚下班时间，大街上车流滚滚，一辆接一辆，那速度却慢如蜗牛。

小赵夹杂在车流中，心急如焚，可能是中午吃的东西不干净的缘故，这会儿肚子疼痛难忍，偏偏那车被十字路口的红灯挡住了，过了好几分钟，车子仍然被挡在那儿一动不动。小赵心中有些生气，自从买了这车，天天有很多时间都耗在路上，久而久之，便患了“路怒症”。只要一堵车，他就像弹簧一样跳起来，怒气像着了火一样，从心头冒出来，而且大有势不可挡之势。

原来前面的两辆车发生了轻微的亲密接触，车主互不相让，发生了口角，所以后面的车堵得像长龙一般，好不容易警察赶来了，才把纠缠不休的两个人分开，小赵舒了一口气，赶紧打道回府，谁知到了家门口，自己的车位又不知被哪个临时停车的占住了，情急之中，他把车子停在花坛边，赶紧回家去上厕所。

刚刚打开家门，儿子冲过来，扑到他的怀里说：“爸爸，爸爸，早上我让你买的奥特曼，你给我买了吗？”小赵说：“乖儿子，爸爸忘了，明天再给你买。”孩子不干了，“哇”的一声哭了，一边哭一边嚷：“爸爸骗人，爸爸是坏蛋。”

急于去上厕所的小赵，至此，坏情绪终于被全面引爆了，他怒不可遏，大骂：“这是什么破路，这是什么破车，这是什么破家，这是什么破孩子，还让不让人活了？”

孩子哭得更凶了，小赵的妻子以为他打孩子了，从厨房里冲出来，指着小赵嚷嚷：“嫌破车不好你别开啊！嫌破家不好你别回来啊！嫌孩子不好你把他扔了啊！你回来干吗？”

至此，好好一个周末，以为一家三口可以聚在一起，加两个菜，吃个轻松舒适的晚餐，结果全被破坏掉了，两个人你一言我一语，吵得翻了天了。

小赵的妻子本来心里就堵得慌，她在公司里生了气，和同事闹别扭，上司偏袒，心里有气，像被摇晃了的可乐瓶，结果小赵回家，把愤怒的坏情绪带回来，点燃了她这只待爆的汽油桶。

原本一个轻松愉快的周末，结果是孩子哭、老婆叫，小赵愤怒到直跺脚，一个家乱成了一锅粥，这日子还怎么过？

生活像一个万花筒，每个人在生活中都会遇到一些开心或不开心的事儿，遇到不开心的事儿，心中难免会抑郁愤怒，可是回到家中，就应该把在外面遇到的不开心事儿或者愤怒的事儿忘记或抛开，若带回家中，则会像瘟疫一样传染开来。

任何人都会有情绪低落的时候，都会有不开心、不快乐的时候，这种时候，最好的办法就是自己克制一下，忍耐一下，别把坏情绪传染给别人，别做引爆家庭战争的杀手，发火前一定要先想一下后果。

家是一个温暖的港湾，每天我们都要在这个港湾里休养生息。家里的人都是我们最亲的人，每天我们都要和家人在一起，你忍心把你的坏情绪带回家中，把你的家人和亲人都弄出神经病?

谁都有情绪失控的时候，每天晚上回家前，把烦恼、郁闷、愤怒，所有不开心的事，所有的坏情绪，全部丢开抛过打扫干净，调整好情绪然后再回家，因为你把家里人弄得不开心，把坏情绪传染给家人，你自己会更不开心。

带上好心情回家，美好的生活需要大家一起去维持和创造，有一个温馨的家，才会让你过上好日子。

把穷日子过出花来

有钱没钱，过点穷日子，给心灵开垦出一片菜园，种上喜悦，快乐，知足，无忧，收获花香，美丽，愉悦，健康，全新的生活方式，会给你带来意想不到的收获。

像穷人一样过日子，听起来更像一个笑话。

那天聚会，一个朋友真的讲了一个这样的笑话，说一个事业有成的男人，在风景秀丽的景区花了不菲的价格买了一栋别墅，然后把别墅的小院子找设计师规划了一下，左边的花圃改成了菜园，从郊区拉回一些土，种上了扁豆、大葱、香菜等时令蔬菜，春秋季节，小园子里绿意盎然，葱茏一片。右边的花圃改成了鸡舍，养了几只鸡、鸭、鹅，早晨起来，鸡鸣鸭叫，热闹非凡。从此过起了都市里的田园生活，自给自足，自己种的蔬菜绿色、环保，有利身心健康。自己养的鸡不吃饲料，不打激素，保证原生态，鸡蛋吃着放心又营养。大家都笑着说，还缺一头奶牛，喝自产的牛奶肯定没有问题，可以更加高枕无忧。

当然，也有人反驳说，干脆去郊区弄个农庄多好，在别墅里能折腾到哪儿去？弹丸之地，也施展不开啊！大家就笑，说，这就是有钱人的范儿，只做别人想不到的事儿，只做别人没有能力做的事儿。

别墅里养鸡生蛋种菜种瓜未免太奢侈了些，可是也说明了一个问题，都市白领，成功人士，经济能力宽绰不为物质犯愁的人，想要健康长寿，必须要像穷人一样过穷日子。

古人说，由俭入奢易，由奢入俭难。富人与穷人的差别，首先在思想根源上，富人志向远大，日思夜想，殚精竭虑，谋划自己，算计别人，有了好车还想要好房，有了好房还想要别墅，有了一百万还想要一千万，有了一千万还要一亿，有了很多还想要更多，欲望无止境，因此劳心劳累，梦里都是山高水长的跋涉。

穷人就不一样了，不会整夜辗转反侧，想那些高不可攀的东西，更不会去想那些踮起脚尖仍然够不着的东西，安于现状，自乐其得，不算计别人，也不谋划自己，日出而作，日落而息，生活规律有节制，也就是俗语说的，穷乐呵，穷开心。富人有富的烦恼，穷人有穷的快乐，凡事都有两面性。

其次，在生活方式上也不会一样，富人交际应酬多，圈子广，大小宴会，豪饮海喝，没有节制，或者说身不由己。吃海参鱼翅，山珍海味，营养过剩。以车代步，缺乏运动。点灯熬夜，极度透支。穷人交际应酬少，按时起居，节制有序，一日三餐，青菜萝卜，虽然清苦些，但限于经济条件，也只能怡然自得。穷人多数买不起车，步行出入或者骑脚踏车，环保低碳又能健身，可谓一举多得。

像穷人一样过日子，就不会被那些所谓的富贵病盯上。生活富裕之后，吃得好而且吃得精细，出门以车代步，上下楼乘坐电梯，效率高了，运动少了，所以跟富贵病攀上了亲戚，血脂高了，血糖高了，体重高了，什么都高了，就智商没高，健康状况也高出了警戒线。

一个三十几岁的朋友，事业小有成就，只可惜人生最美丽的年华已远去。不过三十来岁，就已是大腹便便，而且早早地秃了顶。见了面，朋友们就笑话他，赚那么多钱有什么用啊？才三十几岁就弄得像个小老头似的。他苦笑，天天忙，应酬多，开会，出差，请别人吃饭，别人请吃饭，有时候一天吃五顿，又加班加点，能不胖吗？能不老吗？他摇头叹气，没办法的事儿，逆水行舟，不进则退，人在江湖，身不由己，要想继续现在的好日子，就必须不停地付出和努力。

如果说“酷抠族”把富日子当穷日子过，是都市新节俭主义，是一种理财新观念。那么普通大众把富日子当穷日子过，就是小康之后一种理性的回归，一种全新的健康的生活理念。

富人要过穷日子，像穷人一样节俭，精神上富有，物质上贫穷，尽可能少坐车，尽可能多吃素，尽可能少熬夜，尽可能多运动，才能保持身体健康。

有钱没钱，过点穷日子，给心灵开垦出一片菜园，种上喜悦，快乐，知足，无忧，收获花香，美丽，愉悦，健康，全新的生活方式，会给你带来意想不到的收获。

我们就这样在时光里被动老去

岁月如飞刀，刀刀催人老，我们就这样在时光里被动老去。与其坐在那里挨刀，倒不如主动争取，与自己联手，打败时间。人可以老，但心却永远年轻。

在加班加点、紧张忙碌地工作了三个月之后，好不容易等到假期，大家都在兴致勃勃地讨论假期怎么度过。有人说去旅行，好好放松一下神经，去滑雪，去漂流，去爬山，就算什么都不干，看看风景也好。也有人说去娱乐，好好慰劳一下自己，去唱KTV，去跳舞，泡温泉，最不济一个人泡泡夜店也行。还有人说，去街上找东西吃，好好犒劳一下自己的味蕾，什么牛扒、咖喱、自助，来者不拒，一直吃到撑，累死累活，不犒劳一下自己，当真是白活了。

大家七嘴八舌地畅想着，兴奋无比，只有莲安一个人，一副老僧入定的淡然模样，仿佛大家讨论的事情都与她无关。有人好奇，问她，安，你假期打算怎么过？与情人约会？还是与朋友狂欢？有什么好的点子说出来大家分享一下。

莲安并不起劲，淡淡地说，与其满世界乱跑瞎折腾，我还是情愿待在家里，上上网，睡个懒觉，守着花草，冥想一会儿。

大家一起哄笑，说，安，你老了，这是典型的初老症症状。

莲安一脸愕然，自己还不到三十岁，难道真的老了吗？

老不老，其实真的与年龄无关，特别是生活在现代大都市的人们，心理年龄与实际年龄严重不符，这已是不争的事实。职场游走，情场争战，与工作搏斗，与生活纠缠，早已弄得满身伤痕，精疲力竭。在工作与生活双重的压力之下，有几人能淡定地对待名利？有几人能淡定地对待升职加薪？有几人能淡定地对待情场争斗？又有几人能淡定地对待生活中的琐事纷争？

别人没有的，你想有。别人有的，你当然更要有。想法太多，欲望太多，怎么会不累？怎么能轻松得了？怎么会不老？

有一种老，是真的老了，所谓年岁不饶人，自然规律也，谁都无法抗拒。还有一种老，不是真的老了，身体没有老，而是心老了，是生活所致，环境所致，迫不得已，被动老去。

想当初，逛街，多久都不会累。减肥，多瘦都嫌肥。旅行，多远都不嫌远。狂欢，怎么玩儿都不够。激情满怀，活力四射，全身上下都散发着用不完的能量，像一只刚刚充完电的热宝，热得要命，热得烫手。会突发奇想地跑到一个陌生的地方住上两天，会对一段没有把握的感情全情投入，会拼命把自己塞进小一号的衣服里，会把大把的时光浪费在那些未知的事情上……

可是，活着活着，就变成了另外一副样子。

不知道从什么时候开始，喜欢抱着电视睡觉，看着看着就睡着了。喜欢闲适自由的生活，喜欢穿着睡衣，趿拉着拖鞋，抱着手臂站在窗前。喜欢按照自己的习惯做事儿，一切按部就班。开始拒绝在陌生的地方过夜，喜欢用熟悉的杯子喝水。懒得去了解和依赖不熟悉的人，心里渐渐有了防范意识。认识新朋友的速度差强人意，再也没有把陌生人当朋友的勇气。不再相信爱情，不再喜欢浪漫，喜欢黑白分明的两种颜色的衣服，开始排斥浓艳和热烈，对清淡的食物情有独钟，喜欢怀念当初那股无所畏惧的劲头，喜欢一个人独自享受安静和寂寞……

初老症来袭，无非有两种情况，一种是真的老了，另外一种是心老了。无论是哪一种情况，都不是好兆头，人活着，无非就是个精神气儿，就是个心态，即便真的老了又能怎样？与其老气横秋地过完余生，倒不如潇潇洒洒地走一回。

岁月如飞刀，刀刀催人老，我们就这样在时光里被动老去。与其坐在那里挨刀，倒不如主动争取，与自己联手，打败时间。积极一点，乐观一点，调整好心态，不较真，不恐惧，即便初老症来袭，能奈你何？

与初老症狭路相逢时，真的没有必要太惊慌，试着与生活和解，与自己和解，不忧现在，不惧未来，让自己开成一朵不败的花儿，让自己活成一棵长满绿叶的树。人可以老，但心却永远年轻。

我心安处，即是幸福

幸福是一种冷暖自知的感觉，内在的，私密的，心灵深处最细微的感触，简单自然，像吃饭喝水和睡觉，幸福不是秀给别人看的，幸福是留给自己慢慢咀嚼的。

一个女性朋友的同事结婚，朋友去观礼，回来后看见我直叹气，感慨道，老话说的一点都没错，人比人得死，货比货得扔，看看人家，那场面铺排的，简直就像童话里的王子与公主，豪华的宝马车队，用上千朵玫瑰编成的拱形门，大理石地面上铺满缤纷的花瓣，新娘子衣服就换了八套，酒席置办了100多桌，据说价格不菲，连喜糖送的都是高级巧克力。想想我当年，灰头土脸的，整个一个灰姑娘逃难，糊里糊涂地就把自己嫁了，真是不看不知道，一看吓一跳……

我起身给她倒茶，一边回过头来笑，哟，这就痛不欲生了？那是咱没有机会看到豪门的婚礼，那才叫烧钱呢，人家可是动用私人飞机载客，光新娘子的饰品就会把人砸晕，这是小巫见大巫，咱穷人看看光景就好，瞅见人家的幸福，就回家伤心难过掉眼泪上吊抹脖子，那可就亏大发了。

朋友也笑了，说，有那闲钱，烧烧也无妨，关键是那没钱的，也学人家发烧，不知道以后的日子怎么过，喝西北风可不抵饿啊！

想想也是，婚礼变成了秀场，幸福变成了独幕剧，上演给一些乱七八糟不相干的人观摩，当事者满腔热情，观看者津津乐道，事过境迁，幸福变成了一杯隔夜茶，除了倒掉，百无一用，剩下一大摞的账单挡在通往幸福的路上。

幸福其实是很私人的事情，幸福的本质应该是内心里一种独特的体验，温暖、充盈，可是很多人喜欢把幸福当成一盘菜，有事没事就端出来给大家品尝。

办公室里新来了一个年轻的女子，漂亮、气质优雅，美中不足的是有一点张扬，凡事喜欢咋咋呼呼，别人接电话，会在走廊里低声窃语，为的是不影响大家。可是她不，她喜欢在办公室里大声嚷嚷，今天晚上去听音乐会啊？不去不行啊？好，好，不见不散。接完电话，她耸耸肩说，人在江湖飘，没办法啊，我是最不喜欢听那东西了，一听就犯迷糊，可是朋友说音乐会的票很难弄，不去怪可惜的，糟蹋了好东西。

隔天，她又接到电话，皱着眉头嚷嚷，去吃西餐啊？我很土，不喜欢吃那些半生不熟的东西，去吃点别的吧！海鲜啊？恐怕也不行，吃海鲜我过敏。

情人节，对于已婚的女性来说，和平常的日子没有什么两样，男人浪漫一点的，女人会收到内衣袜子之类的实用物品，不浪漫的，收到的就是青菜啊鱼啊肉啊火腿啊什么的，可是她跟我们不一样，她收到一大束绿色的玫瑰，卡片上有清晰的唇印。她戏谑地说，都老夫老妻了，我们家那位还整这个景，嘴上这样说，脸上的笑容却盛开得像花朵一样。

大家都很羡慕她的生活方式，认定她是一个幸福的人，认定她是一个跟我们不一样的人，我们都是俗人，在柴米油盐酱醋茶中摸爬滚打，老婆孩子一大家，精打细算过生活。她就不同了，听音乐会，吃西餐，经常收到老公送的花儿，有事没事都会和老公发情意绵绵的短信。

人和人不能比，都是一样的三顿饭，都是一样的一睁眼一闭眼，可是生活质量却有着质的区别。看人家的幸福生活，自然也会眼馋，回家对老公死缠硬磨，硬性规定，以后我过生日要送玫瑰，每天最少给我发三次短信。老公像看外星人一样看我，蔫了吧唧地憋出一句话，你有病啊？有买玫瑰的钱还不如去早市买两根黄瓜回家啃啃。我差点晕倒，想晒晒幸福，怎奈没人配合，我的浪漫心思就这样被拍在沙滩上。

周日，在街上闲逛，居然看到那新来的年轻女子，在街的拐角处，和一个乡下人打扮的中年人在说话，她的眼圈红红的，看到我，背过脸去抹眼泪。也可能打算背对着我，擦肩而过就算了，可是我这人偏偏不识趣，过去跟她打招呼，你怎么哭了？谁欺负你了？

她把我拉到一边说，那人捎口信给我，说我母亲病重。

我难以置信地看着她，那么时尚优雅的女子居然是从乡野里走出来的。她似乎看出了我的疑惑，点点头说，是的，我不是喝牛奶吃面包长大的城里人，我是听着乡野的风、闻着青草的香味长大的柴火妞，可是我要大家知道，我不比别人差，我在城里一样过得很幸福。

这样的思维和逻辑相信很多人都会大跌眼镜，原来，她所谓的听音乐会，吃西餐，玫瑰花，她的满世界都知道和羡慕的幸福生活，都是为了铺垫她自卑的内心。

说到底，幸福究竟是个什么东西？有人说幸福是一种概念，很模糊不太确定有点玄的东西，有人说幸福是物质上的满足，有人说幸福是精神上的愉悦，也许都对，因为人的境遇不同，对幸福的理解也不可能完全一致。不过我还是觉得，**幸福是一种冷暖自知的感觉，内在的，私密的，心灵深处最细微的感触，简单自然，像吃饭喝水和睡觉，幸福不是秀给别人看的，幸福是留给自己慢慢咀嚼的。**

幸福的最高境界是，不求人前贵，只求我心安。

第五章 / 在不安的世界里，安之若素

逆境中不乱方寸，困境中仍能做到热爱。永远保持对美好事物的清醒认识。

把时间浪费在美好的事物上

逆境中不乱方寸，困境中仍能做到热爱，这不但需要一份坚守，还需要一份骨子里的热爱，对生活的热爱和不屈。

有一段时间，因为生病，觉得整个世界都暗无天日，没有色彩之分，看什么都是灰秃秃的。整天懒洋洋的，蔫头耷脑，没有精神，出门不化妆，衣服也懒得换，连正餐都省了，更别提什么下午茶了。

看看镜中邋遢的样子，忽然觉得有些对不住自己，何以活到这种境地？前有高山阻路、后有穷兵追赶？进退维谷、没有了生路？别瞎猜，什么都不是，就是那心气，不知道怎么就不比从前了。

生活需要调剂，心情又何尝不是如此？

每天忙忙碌碌，忙得不知东西南北，不妨忙中偷闲，逛街时和女伴们一起享受悠闲的下午茶时光，找一家清静雅洁的茶吧或咖啡屋或美食餐厅、酒店，约上三五好友聊天，喝茶，分享心情，那些精致的各式茶饮、西式小点，会让你心情愉悦，身体放松。

悠长的午后时光，给自己一杯下午茶，如若时间宽松，当然也可以自己动手，烤一块松饼，制一块马蹄蛋糕，烘一只蛋挞。别嫌麻烦，别嫌烦琐，温软可口的小点心，配一杯菊花枸杞茶，或者煮一碗红豆汤，养眼又美味，而且营养丰富，何乐而不为？

提到下午茶，人们就会想到英伦三岛上悠闲的生活，他们是世界上最懂生活、最会生活的人。他们会在阳光安好的下午，在绿草茵茵的草坪上，享受曼妙的下午茶时光。精致的茶具，手工绣花的桌布，热气腾腾的红茶，可心可口香喷喷的小点心，聊几句无关紧要的闲话，或者拿一本书，随便翻几页，又或者风吹哪页读哪页，有一搭无一搭，又或者什么都不干，发一会儿呆，养一会儿神。当然，雨雪阴霾的天气，也不会阻挡他们悠闲的生活。他们会在室内的壁炉旁，在暖意融融的屋子里，完成下午茶仪式，给自己一段轻松惬意的小时光。

据说英式下午茶只是午餐与晚餐之间漫长时光里的一个铺垫，慰藉一下饥肠辘辘的肠胃而已，后来演变成一种生活方式。有人说：你是穷是富，不看你有多少钱，不看你有多少地，而是看你的生活方式。假如你有很多钱，日子却过得粗糙简陋，那么你一定很贫穷。假如你很贫穷，但日子却过得有声有色，有滋有味，那么你就很富有。**贫穷与富有，在一定程度上，是你对生活的态度，是你对生活热爱的劲头和内心富有的程度。**

上海作家陈丹燕的笔下曾经写过这样一个女性，她出身豪门，命运之神却把她推进一贫如洗的境地，艰苦的生存环境下，她依然保持着喝下午茶的心情和习惯，在铁丝网上烤香喷喷的面包吐司，在乌黑的铝锅里做精致的蛋糕，在搪瓷缸里煮下午茶。

最难得的就是那份心情，要有一颗多坚强的心，才能在贫寒的生活中保持那份优雅与从容？**逆境中不乱方寸，困境中仍能做到热爱，这不但需要一份坚守，还需要一份骨子里的热爱，对生活的热爱和不屈。**最最难得的是，那份心情心境始终如一，并没有因为环境的改变、窘迫、拮据、困顿，而丧失了那份对美好的期许。

也许我们的骨子里没有那份与生俱来的优雅，但是我们得学会感知美好的能力，那不是你能与不能的问题，而是你想与不想的问题，只要你想，换一种生活方式还是可以的。

花儿开了，你惊叹花儿的美；草儿绿了，你惊叹草儿的生命力；食物摆在眼前，你惊叹食物的香味。永远保持一份对生活的新鲜感和热爱度。那份优雅和从容也不是谁都可以做到的，很多人都会被外因外境所感染。那份优雅与从容需要时间的培植，需要习惯的生成，需要骨子里的热爱，需要保持一份对美好事物的清醒认识。

忙忙碌碌的生活，琐碎繁杂的事务，让我们觉得很累，人累，心累，哪儿都累。悠闲其实很简单，那就是放慢脚步，用心去享受惬意的下午茶时光，给自己一杯下午茶，美好往往都在我们的热爱里。

母亲的生活禅

所谓禅心，其实就是一颗包容之心，就是一颗舍得放下之心，就是一颗感恩之心。

年少时光，书念得不好，考试没有通过，回家后唉声叹气，食不下咽，话也懒得讲，人也不愿意见，一个人关在屋子里不出来。母亲叫我出去吃饭，我不肯，母亲笑着说："考试没有考好而已，又不是世界末日，快点出来吃饭！"我仍然不肯，说："考得那么烂，怎么出去见人啊？"母亲也不恼，一边干活一边说："走路还能不摔跤啊？磕倒了不要紧，要紧的是赖在地上不起来。"听了母亲的话，我忍不住笑了，磕倒了不在地上坐一会儿，怎么会是我的风格？

那时候，母亲有一块小菜园，星期天，总会安排我们给她的蔬菜花草浇水。那块小菜园虽说不是很大，但对于年少的我们来说，要浇完所有的蔬菜和花草，至少也要花上小半天的时间。那么多的蔬菜，一棵挨一棵的，每一棵都要浇上水，还没有开始干活，就先发起愁来，什么时候才能干完啊？于是消极怠工。母亲从外面回来，一眼就看出了问题的本质，母亲说：“眼睛是奸臣，手是忠臣，那些活儿看上去挺多，其实干起来就快了。”果然，兄妹几个哼着歌，没一会儿的时间就把那片菜园浇完了。

工作以后，常常会遇到一些不公正的待遇。记得有一次，上司听信了他人的谣言，误以为我对他不满，所以有那么一段时间，对我横挑鼻子竖挑眼，弄得我心情烦躁，抑郁不安。母亲对我说：“人人心里都有杆秤，秤天秤地秤人心，日久天长，总会秤出一个人的分量。”果不其然，没过多久，上司便主动找我，说：“因为听信了别人的谣言，对你有些误会，后来我仔细观察了你一段时间，你根本不是那样的人。”回家说给母亲听，母亲笑了笑，说：“日久见人心，也就是清者自清。”

刚刚结婚那会儿，房无一间，地无一垄，日子过得清汤寡水，没有一点滋味，回家跟母亲抱怨，母亲说：“少年贫不算贫，老来贫贫死人，好日子都是一点点过出来的。”因为母亲的话，踏踏实实地跟那个人过日子，没用几年的时间，果然有了起色，有了自己的小窝，有了自己的孩子，有了自己的小日子。当然，仍然不会满足，回家仍然跟母亲抱怨那个人如何懒散，如何没有原则，如何不关心自己。母亲说：“做人呢，不能太贪心，坐在福堆里，还到处找幸福，恐怕一辈子也找不到幸福。什么叫知足常乐？懂得惜福的人，才会有幸福。”

去早市买菜，捆成一捆的小白菜，看上去碧绿养眼，回家打开一看，中间居然还有夹心，于是愤愤然，跟母亲说：“现在的人，挣钱不要命，一点底线都没有，良心让狗吃了？”母亲说：“多大点事儿，别生气了，吃亏就是得便宜。”

和邻居为了一盆花儿，争吵了几句。楼上那家把花儿摆在阳台上，每每浇水总会流到楼下，流到阳台晒的衣服上。找她理论几句，邻居居然横竖不讲理，说：“你有本事你搬到楼上住去。”回家说给母亲听，母亲没有刻薄人家，反过来说我：“别心眼小得像针鼻，那样一辈子也不会快乐。俗话说，远亲不如近邻，低头不见抬头见的，你大度点，人家保证不会再得寸进尺。”

不快乐的时候，母亲会说：“快乐会传染，你快乐了，别人就会跟着快乐。”遇到挫折的时候，母亲会说：“没有什么了不起的，在哪里跌倒了，就在哪里爬起来。”就算是我高兴的时候，母亲也会说：“别高兴得过头了，水满了就会溢出。”

著名主持人白岩松先生说：有学历的人，不一定有文化。没学历的人，不一定没文化。

闲暇无事，细品母亲的话，总能咂摸出一些滋味来。母亲这一生，没有读过太多的书，既不是哲学家，也非宗教信徒，母亲只是一个普普通通的家庭妇女，她用一颗赤诚之心，在生活里摸爬滚打，洗衣烧饭做家务，日常的一茶一饭，一花一草在母亲的眼里，在母亲的心里，都能悟出一些道理，用一颗禅心来与生活和解。

什么是禅心？**所谓禅心，其实就是一颗包容之心，就是一颗舍得放下之心，就是一颗感恩之心。**包容生活中的不平之事，包容生活中不待见的人。放下生活中的烦恼，不与生活中的苦闷去纠缠。用一颗感恩之心去生活，感恩亲人，感恩食物，感恩自然。

从小到大，我的处世之道，我的勇敢，我的生活观，我心里明白，这些都来源于母亲，来源于母亲的言传身教，来源于母亲的生活禅。

母亲这一生，衣着永远干净朴素，说话永远语气和缓，在生活中不疾不徐，慢慢前行。母亲的生活观，是我人生的全部养分来源。

那天回家，我问母亲：“妈，去我家住几天吧！”母亲不肯，说：“人老了，尽量不给别人添麻烦，那才是我最大的快乐。”

我的朋友“小翠”和“小绿”

一棵经风见雨、集聚天地之能量的树，带给你的是勇气和力量，它会过滤掉你的浮躁不安和纠结，带给你沉静安稳和喜乐。

作家三毛说：“如果有来生，要做一棵树，站成永恒，没有悲伤的姿势。一半在尘土里安详，一半在空中飞扬；一半散落阴凉，一半沐浴阳光。非常沉默非常骄傲，从不依靠从不寻找。”

像树一样活，栉风沐雨，活得骄傲而洒脱，活得秀美而挺拔，是很多人藏在心底的一个美好的愿望，可惜这样美好的愿望只能等到来生才能实现，今生我们只能老老实实本本分分地做人。当然，做人也没有什么不好，就是小欲望太多，小烦恼太多，一会儿欢喜，一会儿烦恼，活得很累，像一驾不堪重负的马车，车上拉着内心里那些不安分的小想法，摇摇晃晃驶向前方，别人看着风光无限，只有自己知道内心里的纠结，像麻花绳又打了结，那真叫一个纠结啊！

既然不能做一棵树，那么和一棵树做朋友，应该不算是一件太奢侈的事情吧！一般小区里，房前屋后，马路边，都会有几棵树，在乡野，树就更多了。选择和一棵树做朋友，聊聊天，说说心里话，偶尔吐一下苦水，倾诉一下内心的小烦恼，是一件非常开心的事情，也是一个很不错的选择。

前几年，刚刚搬到一个新的小区时，发现那儿环境很好，花儿开得艳，一年四季除了冬天，园子里都开满了花儿。当然，树也很多，每日晨昏下楼散步，那些树骄傲挺拔，笔挺站立，有合欢、梧桐、垂柳、银杏，风一吹，树叶便哗啦啦地响，像一阵阵琴声，也像一阵阵笑语。心生羡慕之余，便在树下流连，流连之余，便擅自给楼旁的两棵柳树各取了一个好听的名字，一个叫“小翠”，一个叫“小绿”，合在一起便是翠绿，满心欢喜地跟小翠和小绿说话聊天。

那阵子，被生活琐事搞得焦头烂额，烦躁不堪，看到那些翠绿的树，当真就像作家三毛形容的那样：一半在尘土里安详，一半在空中飞扬；一半散落阴凉，一半沐浴阳光。心中的焦虑被那些绿色滤掉，不自觉地生出羡慕和欢喜，觉得做一棵树真好！和小翠和小绿成了朋友之后，心里居然透亮许多，因为终于可以很轻松地和它们说说话儿。

因为工作性质的原因，常常一个人面对电脑，几近失语，逮着个人就立刻犯病，像话痨一样没完没了，时间久了，就连身边的“眼镜先生”和“大坏蛋”都对我唯恐避之不及，一回到家里就躲进自己的房间干自己的事情去了，而我的唠唠叨叨带给别人许多负面情绪，自己犹自不知。

生活中和我有一样毛病的人肯定不少，还等什么？赶紧去找一棵树做朋友，这真的是一个不错的选择，不管你说什么，不可告人的小秘密也好，抱怨也好，唠叨也罢，哪怕就是平常地说说话儿也好，什么都可以说给树听，不用担心树会出卖你，厌烦你，不待见你，因为树的胸襟远比人要宽大得多。**一棵经风见雨、集聚天地之能量的树，带给你的是勇气和力量，它会过滤掉你的浮躁不安和纠结，带给你沉静安稳和喜乐。**

有一日早起，下楼散步时和“小翠”“小绿”打招呼，忽见一女人早起遛狗，从我身边经过的时候，看见我正对着两棵树神神叨叨自言自语，她看我一眼，大约觉得有些奇怪，走出几步又转回头看我，我冲她莞尔，我知道她心里在想什么，并不以为意。

人都有诉说的欲望，这是一种本能，得不到满足的时候，就会落下各种病症，憋闷，扭曲，忧郁等等。学会和一棵树说话，并不是人类进化退步了，**诉说会让你的生命变得轻松和美好，把你的寂寞说给树听，把你的喜悦说给树听，把你的烦恼说给树听，让树成为你生命中一个重要的朋友，分享生命中的一切苦和乐、喜和忧。**

当然，你也可以选择和一个小动物交流，和一棵植物谈心，和一朵花儿说话，和你喜欢的一切，和自然界的一切，和万事万物和谐共处。中国道家有一个重要的哲学概念，那就是大道至简，凡事简单了，也就从容了。

我有两个朋友，一个叫“小翠”，一个叫“小绿”。

送自己十二朵玫瑰

在爱情缺席的日子里，送给自己一束玫瑰花，哪怕一朵玫瑰花，悦人悦己，有什么不可以？

玫瑰花一直被赋予一种特殊的含义，那就是爱情，通常情况下，都是男人送给女人表达情感的一种载体。假若一个女人喜欢送玫瑰花给自己，在常人的眼里，除了自恋，大概还有一丝悲凉和怜悯在其中吧！

送花给自己，总有些自恋的嫌疑，有些悲凉的意味。一个女人，没有倾慕者，甚至没有爱的人，才会送玫瑰给自己。可是岁月漫漫，人生孤单，总会有一些间隙是要一个人独对。或恋爱或者婚姻的空窗期。自己给自己一丝温情，送一朵玫瑰给自己，确实没有什么可难为情的。

一个女友，离婚，独身，喜欢送花给自己，而且送的都是玫瑰花。

那天，是情人节，她路过花市，进去逛了一圈儿。花儿的世界里，依然热闹纷繁，文竹修长挺拔，茉莉细小芬芳，康乃馨温馨妩媚。花儿的海洋里，姹紫嫣红，白的似雪，粉的似霞，每每看到这些花儿，她所有的烦恼忧伤和不开心的事儿就会烟消云散。徜徉在花儿的王国里，她觉得生活是那么美好，连呼吸都沾上了花儿的美丽和香气。

她逛了一圈，最后站在玫瑰花前挪不动步了，含苞欲放的玫瑰上挂着晶莹欲滴的水珠，芬芳美丽，惹人怜爱。在俗世里，人们习惯用玫瑰代表爱情。在作家张爱玲的笔下，红玫瑰是墙上的那一抹蚊子血，白玫瑰是衣襟上的那一粒白米饭。可是在她的心中，玫瑰是美好生活的象征，是愉悦自己的最好的礼物。

踟蹰良久，她买了一束玫瑰抱在怀里，整整十二朵，送给自己。

抱着玫瑰花儿走在街上，行人侧目，男人投来的目光多半是热情和欣赏的，女人的目光多半是艳羡或不屑的，老人和孩子的目光则是温暖和喜爱的。一个四五岁的小男孩儿，甚至追着她跑了几步，嘴里嚷嚷，妈妈、妈妈，你快看啊，这个阿姨可真漂亮！

她回眸微笑，仿佛有一种叫自信的东西在身体里茁壮生长，像植物遇到了阳光和水，立刻活泛过来，生活可真美好，阳光灿烂，风儿轻柔，花儿鲜美。

她抱着花儿去了办公室，下属们围拢过来，七嘴八舌地问长问短，一个年轻的女孩儿甚至夸张地尖叫着，不怀好意地问她：“老大，快点交代吧！谁送你的玫瑰花啊？这么漂亮，我们都嫉妒死了，追你的人一大排吧！”她抿着嘴唇，笑而不语。

转头去茶水间倒水，听见他们在窃窃私语：她离婚都一年多了，也没见到哪个男人在追她啊！你们猜是谁在追她？

她握着茶杯，看着窗外。窗外红尘滚滚，车水马龙，人流如织。她生命中最重要的那个人裹挟在人流里走了，头都没有回，剩下她和三岁的小女儿，还滞留在原地。她被闪了一个踉头，想跟着他走，可是不可能了。心中郁闷过，失落过，也哭过，可是哭过之后，生活还得继续。

她抱着花儿回到家里，已经四岁的小女儿，扑闪着长长的睫毛迎上来，稚声稚气地说："花儿真香真漂亮，你自己买的吧？"她点了点头，把女儿抱在怀里。在女儿的世界里，花儿就是花儿，花儿不代表什么，她幼小的心灵还不曾沾染上半点尘世的烟火之气，谁说玫瑰花一定要男人送的才美丽？

玫瑰花是她自己送给自己的，有什么不可以？谁规定了女人不能送自己玫瑰？有爱情的生活固然很美好，可是爱情不是生活的全部，**在爱情缺席的日子里，送给自己一束玫瑰花，哪怕一朵玫瑰花，悦人悦己，有什么不可以？**

她找了一只细颈的美人花瓶，注满水，然后把玫瑰花放入花瓶中。一室的馨香冉冉升起，女儿在旁边玩耍，夕阳在墙上游移，她端着茶杯，坐在轻纱窗帘下边的软椅上，享受着这安宁静美的好时光。

当上有老、下有小

只有到了一定年纪，经历过一些人事的沉浮和变迁，才能真正体会幸福为何物，才懂得惜福。

上有老下有小，是人到中年恍然初老的一种生活状态，上有老人要奉养，下有幼子要照顾，事业需要尽力，心理需要调整，正是人生处于爬坡的吃力阶段。因而，很多人把人到中年看成灰色阶段。清人编撰的《增广贤文》里说：月过十五光明少，人到中年万事休。意思是说，人到中年，干什么都晚了。这种调调未免太过悲观和伤感，还是曹操说得好：老骥伏枥，志在千里。人到中年不过是毛毛雨，离老还早着呢，干什么都不晚。人家都老了，尚且有如此胸怀，不愧是大谋略家。

去医院探望一个生病的朋友，在一楼大厅里，偶然遇到一个初中时的同学，他神情黯然，面有倦容，低着头从电梯里走出来，满腹心事的样子。我跟他打招呼，问他怎么搞的，疲惫不堪，一点精神气都没有，生病了？

他叹了一口气说，老父生病，他在医院里陪护，已经三个晚上没有睡了，偏偏上中学的女儿又早恋，老师已经打电话来报告了，说是成绩烂得一塌糊涂，这真是前无去路、后有追兵，还让不让人活了？

他的眉头纠结在一起，满满都是浓郁的化解不开的心事，一张嘴，抱怨便不由自主地从嘴里飞出来。他看着我说：“你说我爸这老头儿，好好在家里待着，看看书、读读报多好？偏偏和一帮老头儿去爬山，结果摔倒了，骨折了，这下好了，不能动了，什么事情都要我侍候着，一点都不知道体谅我，我的工作有多忙！还有我那宝贝女儿，天天关注发型，天天忙着换衣服，我就知道事情不大妙，这不，搞出了早恋的动静。没有一个让我省心的，上有老，下有小，工作吃力，钱包吃紧，还来给我添堵，怎么没有一个人为我想想？”

我笑了，说：“上有老下有小，虽说有点心力交瘁，但仍然不失为幸福时光。你有没有想过，有多少人人到中年，已无父母可以奉养。又有多少人人到中年，成了失独家庭？父母在，可以承欢膝下。儿女在，可以享受天伦。好好珍惜这一段上有老下有小的时光，别等到若干年后，父母离去，儿女婚嫁，你一个人守在空空落落的大房子里，孤独地与时光为伍，才知道自己当初是多么不知道惜福，到那时，为时晚矣。”

大约我的话触动了他，走出去很远，回头看他，他仍然站在那里发呆，一副若有所思的样子。

当然，他的话也触动了我，因为我想起了我小时候的时光，母亲要照顾外祖母，也就是我姥姥，她患有哮喘，走几步路就会喘得佝偻成一团，一口气提不上来，就有一命呜呼的危险。母亲除了要照顾外祖母的吃喝穿戴，还要给她洗头洗脚。除此之外，还要照顾我们姐弟三人，还有家务琐事要打理，做衣服打毛衣绣鞋垫，都是累活儿。母亲把我们照顾停当之后，都是趁晚上在灯下做那些手工活儿。

尽管如此，不管什么时候，只要看到母亲，她都是乐呵呵的，从来没有听到她抱怨过什么，她最常说的一句话就是，一家人欢欢喜喜地守在一起比什么都好。

毋庸置疑，母亲的人生观对我影响很大，若干年后，我自己也做了母亲，也到了上有老下有小的年纪，虽然累，有紧张感、疲惫感，却是累并快乐着。

小时候的时光，混沌无知，不知道幸福为何物。年少的时光，知道幸福为何物，但却并不能深刻地体会和珍惜，总以为幸福和快乐挥霍不完，还有大把的幸福和快乐等我们去取。**只有到了一定年纪，经历过一些人事的沉浮和变迁，才能真正体会幸福为何物，才懂得惜福**，而惜福则是一个人向着幸福前进的最基本素质。

上有老、下有小是一种幸福，虽做不到像古人那样晨昏定省，但是隔三岔五打个电话问候一下父母，节假日或者双休日小聚一下，还是不难做到的，不管工作多忙，常回家看看父母，常和孩子交流交流，关心一下孩子们的成长和学习情况，这些事情不仅仅是一个人生存在世上的责任，更是一个人生存、生活、奋斗的养分来源。上有老、下有小也是人生的希望和动力。工作时，发呆时，遇到困难时，想想他们，心中就会有暖和力量。

路过你人生的朋友

所谓的“素”，在我理解，其实就是远离功利，远离某种刻意，远离某种用心，敞开心扉地接纳和包容，接纳你的缺点，包容你的错误，才能称其为真正的朋友。

在漫长的一生中，每个人都会有一些路过你人生的朋友，这样的朋友不是一个两个，而是很多，有的朋友在你的人生中出现过一两次、三五次，有的朋友甚至只出现过一次，然后就杳如黄鹤，再无踪迹可寻。

当然也会有另外一些朋友，像小时候的玩伴，念书时的同学，工作后的同事，这些朋友也会边走边丢，人生的每个年龄段都有不一样的朋友，那些走丢了的朋友也就丢了，留下几个为数不多的朋友，会成为你一生的挚友。

闲暇时，打开手机，逐一理顺，会发现一大堆的名字躺在手机通讯录里，有些名字既不熟悉，从来没有联系过，也从来没有通过话，那些名字上仿佛落满时光的尘埃，长满了青苔或者已经有了霉味。

怎么想都想不起来，根本不记得是在哪一次的餐桌上遇到的，然后存了电话；也根本不记得是在哪一次的聚会上遇到，之后再也没有联系过；根本不记得是在哪一次旅行中邂逅的，然后混入到你的朋友圈里……

有时候，打开微信朋友圈，一个个翻看，有实名有假名。偶尔，也会爬上QQ，一个一个翻看，在线的，隐身的。不管是微信朋友圈，还是QQ，都是热闹非凡，有上千人之多，可常联系的就那么几个，大部分根本不知道谁是谁。

那些名字隐居在网络的背后，像一双双偷窥的眼睛，安静地沉默着，头像永远灰着，暗着。那些所谓的朋友，也许某次加上时说过一两句话，也许从来没有说过什么话，只因偶一冲动或机缘凑巧加上了，然后删除了，或者根本懒得删除，任其那么一直暗着。

每个人都会有一些路过你人生的朋友，多与少而已，也许是为了某种算计而来，也许是为了某种利益而来，但大多数都是因为机缘巧合，偶然遇到了，偶然认识了，偶然成了朋友，然后就那么安静地躺在你的通讯录里，留在岁月深处，再无来往，再无交集，成为陌生的朋友，成为一次性的朋友。

某次，偶然碰到在某处见过的一个朋友，大家都叫不上彼此的名字，却指着彼此哈哈大笑，你不是那个谁谁谁吗？你最近在忙什么？在哪儿发财啊？怎么老也不见你？把大家都忘了吧？

其实也真的就只是那个谁谁谁，因为根本记不住名字，却装得很熟络很热情的样子，转过身走出去很远，却怎么想都想不起来，那人到底是谁啊？想想不由得笑了，可真能装啊！

这就是一次性朋友，不管嘴上的功夫说得多么热闹，多么热情似火，内心里其实依然保持着冷静与理性，横平竖直，泾渭分明。

钱钟书先生在《论朋友》里说：“假使恋爱是人生的必需，那么，友谊只能算是一种奢侈。”可见古人说得不错，千金易求，知己难得，友情是一种很奢侈的感情，所以人这一辈子，真正的朋友并不在多，有三五个，足矣。

钱钟书先生百读不厌的是黄庭坚的《茶词》：“恰如灯下，故人万里，归来对影。口不能言，心下快活自省。”**那种心里明白、嘴里说不出来的好，只能意会不能言传的，才是真正的朋友。**

钱钟书先生推崇“素交”，他说：“在我一知半解的几国语言里，没有比中国古语所谓‘素交’更能表现出友谊的骨髓。一个‘素’字把纯洁真朴的交情的本体，形容尽致。素是一切颜色的基础，同时也是一切颜色的调和，像白日包含着七色。真正的交情，看来像素淡，自有超越死生的厚谊。”（钱钟书《什么是真正的交情》）

所谓的“素”，在我理解，其实就是远离功利，远离某种刻意，远离某种用心，敞开心扉地接纳和包容，接纳你的缺点，包容你的错误，才能称其为真正的朋友，一个“素”字，清，淡，雅，韵，却包含着无穷的精髓要义。

不为功利而来，不为虚名而来，只为那份懂得而来，只为那份相惜而来，只为那份真诚而来。没有肉的香，没有鱼的鲜，没有山珍美味，没有海鲜珍奇，像素的底色上开出的一朵小花，淡雅却芬芳。像白雪世界，傲雪红梅，雪的冷与梅的香，相互映衬，愈发清冽美好。

君子之交，当以淡雅为宜，当以素交为上，一杯茶的交情虽然淡了些，但那香味可能更为深远和长久。

世间最美好的事都是免费的

当我们追赶的脚步慢了，生活的本身有了更多的超越“物欲”的空间，眼神清澈起来，欲望单纯起来，才会真正地接近幸福吧！

现实生活中，被物欲统治和奴役的人比比皆是，拿个簸箕随便在人群中那么轻轻一撮，很容易就会撮一簸箕，这可能跟社会发展处于上升阶段有一定的关系，心中没有安全感，物欲会给人的内心世界带来一定满足和稳定。

看过白岩松先生的一篇文章，叫《人性不敌物欲》，感慨颇深，人性敌不过物欲，可能跟社会发展的文明程度有关系。每个人的内心，都会有一个小小的角落，里面装着一只叫“物欲”的小兽，它会时不时地跑出来骚扰你一下，趁你没有防备，让你猝不及防。

物欲人人都有，谁也不比谁清高，只是大与小而已，如果物欲泛滥，很可能会引起灾荒，但假如每天都要跟那只叫“物欲”的小兽搏斗，你会不会觉得很累？生活会不会因此而乱了套？

周日在街上，遇到好友小苏，她皱着眉头，无比纠结地对我说，我们班以前有个女生，颧骨很高，头发发黄，怎么都不会被划到美女的行列。可是她的运气好，像她这样更接近东南亚风情的美女，一不小心嫁了一个有钱的老公，所以她现在每个月都会去香港“血拼”，很多人都羡慕得快疯了。还有那个小周，听说她最近又去欧洲旅行了，就连我们办公室里的一个女同事，都闷声不响地买了海边别墅，怎么会有那么大的本事？只有我，灰头土脸的，还在原地踏步。

小苏一副世界末日的样子，我被小苏说得乐了，拍拍她的肩膀说：“谁羡慕疯了？是你吧？”她也乐了，说：“真是同人不同命啊！”我说：“别泄气啊！你还有很大的上升的空间，革命尚未成功，同志尚需努力，看在幸福的面子上，别在这里拈酸眼红了，抓紧时间努力去挣钱吧！”

和小苏分手后，我去商场里逛了一圈，人真多，有如过江之卿，都跟不要钱似的，人人手里都拎着大包小包，吃的，穿的，用的，应有尽有，逮什么买什么。我没情没绪地被人流裹挟而出，一分钱也没有花掉，又没情没绪地回了家。

我心中的那只叫物欲的小兽，被小苏引逗出来，心情无端地抑郁起来，我想起了一个很抽象的概念：我幸福吗？我和小苏差不多，没钱去香港“血拼”，也没钱去欧美旅行，更没钱买别墅，我跟小苏说的那种幸福，岂止是差一大步？

可是幸福真的能买到吗？真的能够量化吗？

想来想去，我很阿Q地安慰了自己一下，我有很多不花钱的幸福，还贪求什么？然后心满意足地吃完饭，睡大觉去了。

我拥有很多不花钱的幸福，能够把这些不花钱的幸福握在手里也是一种幸福。比如，周末去父母家里蹭吃蹭喝蹭爱，跟父母说说心中的烦恼，发发牢骚，适当地表示一下需要他们的关爱，这何尝不是一种幸福？晚饭后，和爱人孩子一起在小区里散散步，既能增加情感互动，又能看看夕阳飞霞，这又何尝不是一种幸福？没事儿的时候，去爬爬山，看看海，到大森林中，既能呼吸一下天然氧吧中的免费氧气，又能健身，这何尝不是一种幸福？

不花钱的幸福还有很多，每天照耀我们的阳光不需要花钱，每天呼吸的空气不需要花钱，每天看到的美丽景致不需要花钱，清风雨露不用花钱，亲人的关爱不需花钱，朋友的关心不需要花钱，陌生人投过来的友好而温暖的眼神也不需要花钱……

不花钱的幸福太多了，只是被我们匆忙追赶物欲这只小兽的时候忽略掉了，什么时候，**当我们追赶的脚步慢了，生活的本身有了更多的超越物欲的空间，眼神清澈起来，欲望单纯起来，才会真正地接近幸福吧！**

你看，人生中最美好的事情都是免费的，只要我们有一双善于捕捉的眼睛，就一定能够发现生活中那细微而琐碎的小美好，一朵花，一片叶，甚至是一只小蚂蚁，都能给我们的生活带来无穷乐趣。

不花钱的幸福更加真实，更加接地气，而且恒定性强，它就在那里，只要你有需求，就可以自己来取，不需要强迫自己，不需要讨好别人，脚踏实地地在生活中游弋，不得陇望蜀，不人云亦云，还原生命的本质，给心灵留出更多的空间，珍藏那些不用花钱、免费的美好。

最好的时光在路上

走好每一步，细细品味沿途的美丽景致，不管途中会发生什么，等待我们的是什么，都要以积极的心态待之，不后悔，不抱恨，就是最好的人生。

那时候宁宁还小，三四岁的样子，剃了一个小光头，前面留一撮略长点的头发，看上去有些古典的范儿。他活泼、调皮，一幅人见人爱的模样。和他一起出门旅行，他总会在我耳边不停地聒噪，什么时候能到啊？还有多远啊？怎么还不到啊？急死人了！真是太远了！真盼着能快点到！

他的问题太多了，他的每一句话后面不是问号就是叹号，加重语气，只是强调他内心的焦急。太多的问题，让我措手不及，想不到五六岁的小人儿还是个急性子，眉头紧锁，不停地在那儿走来走去，一幅忧国忧民忧天下的样子，让人忍俊不禁。他的想法很单纯，出来玩儿就要直奔目的地，那是他的终极目标，至于在路上，至于过程，仿佛都是无关紧要的事儿，甚至成了负累，在路上磨蹭掉的时间仿佛都浪费了，若能省略掉最好。

我摸了摸他的头笑了，他和我小时候简直一模一样，想问题不会拐弯，去哪儿，目的地最关键，至于怎么“去”这个过程，已经被排除在这之外。岂不知旅行不仅仅只包含一个目的地，也包含了去的路上。

我跟他说，出来玩儿，任何一个环节都很重要，我们的乐趣不仅仅是终点，过程也很重要，点点滴滴的乐趣都在旅途中。他摇摇头说，我不要在路上，我只要去那个地方。

我哭笑不得，不在路上，怎么能到达地方，哪怕是飞，这个过程能省略掉吗？我想了半天，不知道该怎样跟他解释，我知道，跟一个如此小的孩子说如此深奥的问题，他肯定不会懂，好在他并没有就这个问题一直纠缠下去，很快就换了一个兴奋点，和旅行中的陌生人——一个和他年纪相仿的孩子玩成一团，疯成一团，再没有闲心纠缠这些令我头痛的问题。

不管是坐火车还是坐汽车，不管是背包族还是自驾游，旅途中的风景永远都是最精彩的，天南地北的旅人，操着不一样的口音，南腔北调汇成一勺，闲侃风俗人情，闲聊五谷人生，热热闹闹，快意自然。不喜欢热闹的人，可以自成一家，自己看自己的风景，自己品味自己的人生，看花开，看草绿，看大海，在陌生的人群中体会自己的孤独，体会不一样的滋味。

离开熟悉的地方去远方，不一样的山水人文地理，给你不一样的视觉冲击；给你不一样的心理感受，给我们不一样的人生感悟，那是我们爱上旅行的理由。德国作家歌德曾经说过：人之所以爱旅行，不是为了抵达目的地，而是为了享受旅途中的种种乐趣。

出门旅行，其实去哪里并不是一件很重要的事，重要的是在路上，是旅行的过程，用美好的风景洗涤我们的眼睛，洗涤我们的心灵，回归自然，宁静抱朴。用一双美好的眼睛，一颗美好的心灵，发现并回归生活，捕捉不一样的感受。

我想说，其实旅行的过程和人生的过程有点像，都是一直不停地往前走，用心体味沿途的风景，等到风景都看透，人生也就抵达终点。

终点是我们不得去的地方，不管是旅行还是人生，到达终点就意味着这段行程结束了，可是我们不能因为惧怕终点而停滞不前，也不能因为留恋沿途的风景而不愿意抵达终点，因为人生不以我们的意志为转移，我们能做的，就是**走好每一步，细细品味沿途的美丽景致，不管途中会发生什么，等待我们的是什么，都要以积极的心态待之，不后悔，不抱恨，就是最好的人生。**

旅行的乐趣在途中，人生的乐趣也在途中，我们一直不停地走在路上，让我们在旅途中慢慢咂摸生活，品尝生活赐予我们的一切美好和不美好。

气质硬朗的女人

外表像女人一样优雅美丽，细致温婉；内心像男人一样强大彪悍，独立坚强。

素来不大关注娱乐八卦那点事儿，偶然在网上看到一个女艺人的男装照，不看则已，一看当真有些惊艳，这个女人真真是个双面佳人儿。

看她穿女装时优雅美丽，肉色抹胸曳地长裙，摇曳生姿，步步莲花，妖娆且妩媚。长发如瀑，眼眸如水，瓜子脸型看上去更具古典美。

穿男装时沉稳内敛，西装领带短发，举手投足，眉宇间透着英气。犀利的目光，硬朗的气质，颠覆了人们往日的印象，所以粉丝们送给她一个雅号“爷”。

“爷”这个字，在老北京话里，是对男人的一种尊称，咱们的女艺人一不小心就混进了“爷”的队伍里。

称呼一个女人为“爷”，当然不多见，称呼一个女人为先生的却挺多，比如杨绛先生，比如冰心先生……

“先生”这个词，在古汉语里，有老师的意思，是对有能力的人的尊称。在现代用语中，泛指成年男性，以及女人的丈夫。称呼女人为先生，是近代的事儿，表示对一个女人的尊重，在学识学问社会地位方面的肯定。

杨绛先生是深受人尊敬的女性，90多岁以后，陆续写了《我们仨》等作品，看《我们仨》的时候，杨绛先生笔下那些温暖琐碎的烟火生活，有如涓涓细流，流入心田。她的与世无争，她的宁静致远，都成为一种可爱的品德。躲在闹市一隅，安心写书做学问，不问世事，不事权贵，不被欲望搅扰，有几人能做到？

杨绛先生曾说：“人世间不会有小说或童话故事那样的结局：‘从此，他们永远快快活活地一起过日子。’

人间没有单纯的快乐。快乐总夹杂着烦恼和忧虑。

人间也没有永远。我们一生坎坷，暮年才有了一个可以安顿的居处。但老病相催，我们在人生的道路上已走到尽头了。”（杨绛《我们仨》）

世间没有完满，没有永远，所以过程最重要。一个人独自生活的时光，怎样面对想念？所有的想念都在自己的心里，即使活到一百岁，仍然活得优雅从容，那需要有多么强大的内心去完成自己想要做的事情？

我想起一个词，女汉子，汉子和爷们同样都是指那些有硬朗气质的男人，指那些有脊椎的雄性动物。女汉子，自然是指有男人一样气质和品格的女人。

女汉子这个词，听上去有些粗，有些野，可是却并没有贬义。**外表像女人一样优雅美丽，细致温婉；内心像男人一样强大彪悍，独立坚强。**

这两者并不矛盾。

竞争日渐激烈的都市生活，并不是每一个女人都有资格小鸟依人，更多的女人，要像男人一样在职场上打拼，独当一面。

千万别以为女人一旦贴上了女汉子的标签就被男性化了，她们大多拥有女性面孔和男性的思维，拥有女性的娇媚和男性的决断。刚柔并济，这样的女人才能在职场立于不败之地，才能在大都市里有一席之位。

走在街上，走在熙熙攘攘的人群里，假如你看到一个眼眸如水、温婉窈窕的淑女，千万别以为那是女人中的女人，千万别小瞧人家，说不定是个内心强大的女汉子。你不小心磕倒了，碰破点皮儿什么的，说不定人家还会帮你敷上点药，然后帮你擦把眼泪，捎带把肩膀借你靠一靠。

不是每一个女人都当得起女汉子这三个字，但是被贴上女汉子标签的女人，多半是外表优雅美丽，内心彪悍强大，可以与男人一争高下的人。这样的女人，是灵魂更高贵的女人。

妈妈的碎碎念

妈妈的碎碎念，是平凡生活中的温柔念想。也许，只有等真正长大后才发现，妈妈是一个光是念出口就让人想哭的称呼。

那一年，她上中学。放暑假，去同学家借书，快天黑时，下起了大雨，同学说："你别走了，在我家住一宿吧！"她说："不行啊！我妈会杀了我的，她不让我在外面留宿。她老人家给我规定了很多条条框框，比如说话不能大声，笑不能露齿，吃饭不能大口，喝汤不能出声，心地要善良，行为要检点，外出时不能在外面留宿。"

同学吐了下舌头说："你妈把你当公主培养呢！"她笑："什么公主？有我这么破落的公主？我妈就是把我当成一只小鸟关在笼子里。"

那天晚上，挨到八点钟，雨还没有停，她只好给老妈打电话说："我今天晚上不回家了，在同学家里住一晚，明天一早回家。"老妈一听就生气，说："乖乖地在同学家里等我，别乱跑，我去接你。"

九点钟，老妈站在同学家的门外，全身上下都湿透了，狼狈却不失礼数，她彬彬有礼，向同学的妈妈道了谢，然后把她带走了。

那天晚上，回到家里，两个人就吵了起来，她气鼓鼓地说："至于这样吗？她是我的女性同学，好朋友，我不是跟人私奔了，你至于这样如临大敌？"

老妈也生气了："什么事情还不是有了第一次才有第二次的？今天你在同学家里留宿，明天还不知睡在哪里，你的不检点就是我的失职。你不领情也就算了，将来你有了自己的女儿，你就会体会到的。"

大学毕业那一年，她开始工作，独自在单位附近租了一间小房子，名正言顺地逃离了老妈的魔掌。老妈只有一个条件，就是她租住的小屋里必须安装一部固定电话，不许留男生过夜。

从那时开始，每天晚上十点，她会准时接到老妈的电话，而且老妈每次给她打电话都是打家里的固定电话。刚开始，她并没有觉得有什么不妥，后来一点一点就明白了，原来老妈是查她的岗。

她哭笑不得，心里别扭了好一阵子，后来，慢慢就习惯了，再后来，每晚睡前，若听不到老妈的声音，便忐忑不安，担心老妈出了什么事儿。

那段时间里，她和一个很酷的卷毛男生谈恋爱，那是她第一次真正意义上的恋爱，两个人都很疯狂，老妈的碎碎念早被她抛到脑后去了。

情人节的晚上，卷毛男生赖在她的小屋里不肯走，老妈打电话来，她示意他别出声，卷毛想从背后抱住她，却不小心把桌子上的玻璃杯碰落到地上。

这一声脆响，惊动了电话另一端的老妈，问她是谁，她说，是自己不小心碰倒了杯子，老妈才收了线。

她刚刚松了一口气，门铃就响了起来，是老妈。

那样狭小的一间屋子根本藏不住人，她只好硬着头皮把门打开，老妈优雅地说：“莎莎，这是你朋友啊？这么晚了还不送客？。”

“卷毛”从她的小屋里落荒而逃。

她有些恼了，她说：“妈，我们是真心相爱的，你干吗这样？”

老妈说：“莎莎，谈恋爱我不反对，但任何不以结婚为目的的谈恋爱都是要流氓，你们若真心相爱，他就应该光明正大地向你求婚，而不是半夜三更的还在你的小屋里纠缠你，肯给予一个女人婚姻，才是真正的爱。”

她还想争辩几句，可是老妈抚着胸口做晕倒状，吓得她连忙住口。

过后，她给卷毛打电话，想解释几句，谁知这个家伙居然说：“谈个恋爱你妈都要管三管四，将来我们若是结婚了，我亲你一下，是不是还得请示你妈去？”

她一语未发收了线，心中有些疼，自己是爱着的，全心全意，可是人家居然如此腔调，可见现象与本质的差别，她佩服老妈的火眼金睛。

两年之后，她喜欢上一个二流大学的老师，只见了一面，老妈就对她说：“姑娘好眼力，这个好。”

她很奇怪，看不出这个当老师的男人有什么好，二流大学的教书先生，工资不高，房子很小，车子一般偏下，可是老妈对他却是赞不绝口。

相处了一段时间，她发现，这个男人底蕴深厚，不愠不火，有担当，不怕事，果然是一瓮好酒。

结婚的前一天，老妈又念起了她功力深厚的碎碎念，老妈说：“莎莎，结了婚就是大人，以后不能再任性了，要孝敬公婆，善待老公，两个人互相尊重，好好过日子……”

她笑而不语。

出嫁那天，老妈把她的手交到他的手上说：“莎莎以后交给你了，你替我照顾她，疼爱她，她有不足的地方，就是我这个当妈的没有管教好，你告诉我，我收拾她。这么些年，一直是我独自带着她，她是一个乖女儿，也会是一个好妻子的，你的眼力不错，选了我的女儿做妻子，你们会幸福的……”

那天，花车开出去老远，她回头，看见老妈依旧站在楼下的风中，风撩拨着她的头发，有一缕仿佛白了，只一宿，老妈仿佛老了很多，她的眼泪终于没能忍住，伏在他的臂弯里，哭了。

妈妈的碎碎念，是平凡生活中的温柔念想。也许，只有等真正长大后才发现，妈妈是一个光是念出口就让人想哭的称呼。

心暖则柔，心素则安

只要你的眼睛“秋水不染尘”，只要你的心灵“时时勤拂拭”，那些令人惊喜感动愉悦的瞬间总会在你的眼前闪现，如花朵一样绽放。

早起，发现养了数年的白兰，终于在这个早晨绽开了几朵花蕾，虽然只是几枚小而细长的乳白色的花骨朵，但是那种沁人心脾的馨香，足以让人每一个毛孔都张开了。曾经，我是那么盼望这盆只长叶子不开花的植物能给我一个意想不到的惊喜，几度希望又几度失望，最后我认定它是一棵不会开花的植物。当我渐渐要放弃的时候，谁知它竟在这样一个日子里开花了。我看着单瓣的白兰，渐次绽开，馨香弥漫，一屋一室满满都是那种浓郁的芬芳，那是令人愉悦的瞬间。

去图书馆回来，早一会儿还晴朗的天空，忽然阴云密布，不大一会儿功夫就下起雨来，行人大多没有带雨具，一个个被这突然而至的雨弄得措手不及，手忙脚乱，纷纷四散跑去，找寻能够躲雨的屋檐。动作快的人，甚至飞身上了街边的公共汽车。一个上了年纪的老人家在卖报纸，被这猝不及防的雨弄得有些懵，他一手覆在报纸上，另一手遮在头顶上，可是哪里能挡得住来势迅猛的雨？我站在檐下替他担忧，忽然看见一个女孩子，撑着一把红伞，替老人挡着雨。我看着女孩和老人，那是令人愉悦的瞬间。

周日回家，看见父母又在拌嘴，为一些鸡毛蒜皮的小事，父亲要包白菜馅的饺子，母亲要包香菇馅的饺子。意见不统一的时候，往往就是战争的开端，然后陈芝麻烂谷子统统从角落里搬出来，你数落一遍，我指责一通，你说你的理，我说我的理，我只好说他们都有理，谁都没错。有一句诗说：横看成岭侧成峰，远近高低各不同。站在自己的角度看问题，当然都认为自己是对的。能够拌嘴，能够为鸡零狗碎的事情争个长短，说明他们的身体还健康，还不坏。我饶有兴致地看着他们拌嘴，那是令人愉悦的瞬间。

某天，伏案时久，眼睛疼痛难抑，遂起身伸懒腰，去阳台远眺。阳台上有十几盆花，绿意葱茏，每每心烦，我总会去阳台上小站一会儿。那天却发现两个意外之客侵入了我的领地，那是两只小麻雀，站在阳台的栏杆上说着悄悄话，你啄啄我的羽毛，我啄啄你的羽毛，它们说什么悄悄话儿，我当然听不懂，不过以我的私心揣度，它们似乎在谈恋爱，因为它们彼此间的亲密和恋人别无二致。我隔着落地窗的玻璃，看着它们窃窃私语，那是令人愉悦的瞬间。

整理旧物，看到以前的衣服，于是拿到穿衣镜前比试，虽然紧了点，但还能穿下，那是令人愉悦的瞬间；喝茶时，看着茶叶在滚水中跳舞，一片片慢慢舒展，最后像一片绿色的小森林立在杯子中，那是令人愉悦的瞬间；去楼下散步，看见一个稚儿扎撒着两只小手，跟在妈妈的身后，妈妈、妈妈地叫个不停，那是令人愉悦的瞬间；人行路上，看见一对白发苍苍的耄耋老人，相互搀扶着过马路，那是令人愉悦的瞬间；北方的冬天天黑得早，走在黑漆漆的马路上，忽然看见路灯璀璨，亮如白昼，那是令人愉悦的瞬间。

令人愉悦的瞬间还有很多。比如初春，某个早晨起来，发现绿意滚滚而来，连天边的云朵都透着绿意，那是令人愉悦的瞬间；比如夏夜，一场小雨缠缠绵绵，雨打更漏，心中无比清静，那是令人愉悦的瞬间；比如晚秋，一场秋雨一场霜，一场大风过后，树叶在风中翻卷飞舞，那是令人愉悦的瞬间；比如冬日，之前一天还暖日洋洋，可之后一天，晨起推门，便白雪皑皑，连树枝上都裹上了亮晶晶的白，那是令人愉悦的瞬间。

生活中这样的场景比比皆是，只要你的眼睛“秋水不染尘”，只要你的心灵“时时勤拂拭”，那些令人惊喜感动愉悦的瞬间总会在你的眼

前闪现，如花朵一样绽放。

微笑向暖，安之若素。

轻轻浅浅的时光里，心暖则柔，心素则安。

学会与这世界温柔相处

学会与这个世界温柔相处，让每一颗流浪的心，都停泊在一个温暖的地方。无论这个世界赐予我们什么，我们都要以吻缄之，以爱馈之。

多年前，我生过一场病，不算很大，但也不算小，虽不至于危及性命，但一直到现在都还在吃药。那时候，青春正盛，尖锐凌厉，像一只全身长满刺的小刺猬，不知道怎样化解矛盾，不知道怎样向生活和解。生活的压力，工作的压力，家庭的压力，一下子让我措手不及。在生活中找不到方向，每天都觉得自己是最不幸的那个人，仿佛全世界都欠我些什么似的，脾气变得越来越坏，遇到事情就会冲动，从来没有想过怎样跟这世界相处。

人在逆境中的时候，往往都没有理智，我亦是。不顺心的时候就会跟自己过不去，生气，不吃饭，不睡觉，有时候还会喝一点酒，妄想一醉解千愁，可是最终，世界的本质是改变不了的，能够改变的，只有你自己。

跟自己对抗的最终结果，就是我生病了，而且这个疾病会一直跟随我终老，无解。跟这个世界对抗的结果，就是工作没了，从那以后我就成了一个闲人，无所事事。

后悔当真于事无补，能够补救的就是换一种思维方式做人处事，换一种方式跟这个世界相处。跟自己较劲，跟别人较劲，跟世界较劲，最终输的那个人是自己。可是，能够悟懂这些道理，都是在走过很长一段人生之路，都是以失去一些什么做代价之后。

走过的路，做过的事，无论你有多懊悔，多沮丧，人生都再也无法回头，只能向前，义无反顾。摔得头破血流的时候，总会长点记性吧！

每个人都有自己的人生痛点，我不愿意回顾，因为每一次回顾，尽管内心已不会像当初那般疼痛，但仍然会有小小的悸动，那个痛点会在心中荡起一圈一圈的涟漪。

假如那时候我就学会怎样跟这个世界相处，一定不会走那么多多的弯路。也许你会问，怎样跟这个世界相处？其实很简单，就是要学会宽容，无论是谁，待你不公的时候，一定要学会宽容和忍耐，不拿别人的错误惩罚自己；要学会柔软，水至柔，却能穿石，柔软不代表软弱无力，柔软是一种弹性，是一种生存能力；要学会坚韧，像蒲柳一样，无论经受多少挫折，都百折不挠，独立自强。眼睛里要看到阳光，假若你的眼睛里满满都是夜的黑，都是灰色，怎么能看到希望？心里要感受到温暖和爱，你对别人的好不用刻意牢记，别人对你的好一定要心怀感激，这是世界给我们的暖。

无论你经历过什么，吃过多少苦，遭过多少罪，掉过多少眼泪，经历过多少磨难，都要拥有一颗柔软安静的心。无论你遇到过什么，痛苦，失望，抑郁还是焦虑，请相信，别人也曾走过这条路，或者正走在这条路上。

学会与这个世界温柔相处，让每一颗流浪的心，都停泊在一个温暖的地方。无论这个世界赐予我们什么，我们都要以吻缄之，以爱馈之。你的心柔软了，温暖了，这个世界也就柔软了，温暖了。